D1101319

Ferdinand von Schirach

Schuld

Ferdinand von Schirach

Schuld

Stories

Piper München Zürich

Mehr über unsere Autoren und Bücher:
www.piper.de

ISBN 978-3-492-05422-5

Satz: Satz für Satz. Barbara Reischmann, Leutkirch
Druck und Bindung: CPI – Clausen & Bosse, Leck
Printed in Germany

Die Dinge sind, wie sie sind.
Aristoteles

Volksfest

Der erste August war selbst für diese Jahreszeit zu heiß. Die Kleinstadt feierte ihr sechshundertjähriges Bestehen, es roch nach gebrannten Mandeln und Zuckerwatte, und der Bratdunst von fettigem Fleisch setzte sich in den Haaren fest. Es gab alle Stände, die es immer auf Jahrmärkten gibt: Es war ein Karussell aufgestellt worden, man konnte Autoscooter fahren und mit Luftgewehren schießen. Die Älteren sprachen von »Kaiserwetter« und »Hundstagen«, sie trugen helle Hosen und offene Hemden.

Es waren ordentliche Männer mit ordentlichen Berufen: Versicherungsvertreter, Autohausbesitzer, Handwerker. Es gab nichts an ihnen auszusetzen. Fast alle waren verheiratet, sie hatten Kinder, bezahlten ihre Steuern und Kredite und sahen abends die Tagesschau. Es waren ganz normale Männer, und niemand hätte geglaubt, dass so etwas passieren würde.

Sie spielten in einer Blaskapelle. Nichts Aufregendes, keine großen Sachen, Weinkönigin, Schützenverein, Feuerwehr. Einmal waren sie beim Bundespräsidenten gewesen, sie hatten im Garten gespielt, danach hatte es kaltes Bier und Würstchen gegeben. Das Foto hing jetzt im Vereinshaus, das Staatsoberhaupt selbst war nicht zu sehen, aber jemand hatte den Zeitungsartikel danebengeklebt, der alles bewies.

Sie saßen auf der Bühne mit ihren Perücken und angeklebten Bärten. Ihre Frauen hatten sie mit weißem Puder und Rouge geschminkt. Es sollte heute würdevoll aussehen, »zur Ehre der Stadt«, hatte der Bürgermeister gesagt. Aber es sah nicht würdevoll aus. Sie schwitzten vor dem schwarzen Vorhang und hatten zu viel getrunken. Die Hemden klebten ihnen am Körper, es roch nach Schweiß und Alkohol, leere Gläser standen zwischen ihren Füßen. Sie spielten trotzdem. Und wenn sie falsch spielten, machte das nichts, weil das Publikum auch zu viel getrunken hatte. Zwischen den Stücken gab es Applaus und frisches Bier. Wenn sie Pause machten, legte ein Radiomoderator Platten auf. Die Holzbretter vor der Bühne staubten, weil die Menschen trotz der Hitze tanzten. Die Musiker gingen dann hinter den Vorhang, um zu trinken.

Das Mädchen war siebzehn und musste sich noch zu Hause abmelden, wenn sie bei ihrem Freund übernachten wollte. In einem Jahr Abitur, dann Medizin in Berlin oder München, sie freute sich darauf. Sie war hübsch, ein offenes Gesicht mit blauen Augen, man sah sie gerne an, und sie lachte, während sie kellnerte. Das Trinkgeld war gut, in den großen Ferien wollte sie mit ihrem Freund durch Europa fahren.

Es war so heiß, dass sie nur ein weißes T-Shirt zur Jeans trug und eine Sonnenbrille und ein grünes Band, das ihre Haare zurückhielt. Einer der Musiker kam vor den Vorhang, er winkte ihr zu und zeigte auf das Glas in seiner Hand. Sie ging über die Tanzfläche und stieg die vier Stufen zur Bühne hoch, sie balancierte das Tablett, das eigentlich zu schwer für ihre schmalen Hände war. Sie fand, dass der Mann lustig aussah mit seiner Perücke und seinen weißen Wangen. Dass er gelächelt hatte, daran erinnerte sie sich, dass er gelächelt hatte und dass seine Zähne gelb schienen, weil sein Gesicht weiß war. Er schob den Vorhang zur Seite und ließ sie zu den anderen Männern, die auf zwei Bierbänken saßen und Durst hatten. Für einen Moment leuchtete ihr weißes T-Shirt eigenartig hell in der Sonne, ihr Freund hatte es immer gemocht, wenn sie es trug. Dann glitt sie aus. Sie fiel nach hinten, es tat nicht weh, aber das Bier ergoss sich über sie. Das T-Shirt wurde durchsichtig, sie trug keinen BH. Weil es ihr peinlich war, lachte sie, und dann sah sie die Männern an, die plötzlich stumm wurden und sie anstarrten. Der Erste streckte die Hand nach ihr aus, und alles begann. Der Vorhang war wieder geschlossen, die Lautsprecher brüllten einen Michael-Jackson-Song, und der Rhythmus auf der Tanzfläche wurde zum Rhythmus der Männer, und später würde niemand etwas erklären können.

Die Polizei kam zu spät. Sie glaubten dem Mann nicht, der aus der Telefonzelle angerufen hatte. Er hatte gesagt, er sei von der Kapelle, seinen Namen hatte er nicht genannt. Der Polizist, der den Anruf entgegenommen hatte, sagte es seinen

Kollegen, aber alle hielten es für einen Witz. Nur der Jüngste meinte, er sehe einmal nach, und ging über die Straße zum Festplatz.

Unter der Bühne war es dunkel und feucht. Sie lag dort, nackt und im Schlamm, nass von Sperma, nass von Urin, nass von Blut. Sie konnte nicht sprechen, und sie rührte sich nicht. Zwei Rippen, der linke Arm und die Nase waren gebrochen, die Scherben der Gläser und Bierflaschen hatten Rücken und Arme aufgeschnitten. Als die Männer fertig gewesen waren, hatten sie ein Brett angehoben und sie unter die Bühne geworfen. Sie hatten auf sie uriniert, als sie dort unten lag. Dann waren sie wieder nach vorne gegangen. Sie spielten eine Polka, als die Polizisten das Mädchen aus dem Matsch zogen.

—

»Verteidigung ist Kampf, Kampf um die Rechte des Beschuldigten.« Der Satz stand in dem kleinen Buch mit rotem Plastikumschlag, das ich damals immer mit mir herumtrug. Es war das »Taschenbuch des Strafverteidigers«. Ich hatte gerade mein zweites Examen gemacht und war vor ein paar Wochen zur Anwaltschaft zugelassen worden. Ich glaubte an den Satz. Ich dachte, ich wüsste, was er bedeutet.

Ein Studienfreund rief an und fragte, ob ich bei einer Verteidigung mitwirken wolle, man brauche noch zwei Anwälte. Natürlich wollte ich, es war ein erster großer Fall, die Zeitungen waren voll davon, und ich glaubte, das sei mein neues Leben.

In einem Strafverfahren muss niemand seine Unschuld beweisen. Niemand muss reden, um sich zu verteidigen, nur der Ankläger muss Beweise vorlegen. Und das war auch unsere Strategie: Alle sollten einfach schweigen. Mehr mussten wir nicht tun.

Die DNA-Analyse war noch nicht lange vor den Gerichten zugelassen. Die Polizisten hatten die Kleidung des Mädchens im Krankenhaus gesichert und in einen blauen Müllsack gestopft. Sie legten ihn in den Kofferraum des Dienstwagens, er sollte zur Gerichtsmedizin gebracht werden. Sie glaubten, alles richtig zu machen. Der Wagen stand in der Sonne, Stunde um Stunde, und in der Hitze wuchsen Pilze und Bakterien unter der Plastikfolie, sie veränderten die DNA-Spuren, und niemand konnte sie mehr auswerten.

Die Ärzte retteten das Mädchen und zerstörten die letzten Beweise. Sie lag auf dem OP-Tisch, ihre Haut wurde gereinigt. Die Spuren der Täter in ihrer Vagina, in ihrem After und auf ihrem Körper wurden abgewischt, niemand dachte an etwas anderes als die Notversorgung. Viel später versuchten die Polizisten und der Gerichtsmediziner aus der Hauptstadt, den Abfall aus dem OP zu finden. Irgendwann gaben sie auf, sie saßen um drei Uhr morgens in der Kantine des Krankenhauses vor hellbraunen Tassen mit kaltem Filterkaffee, sie waren müde und hatten keine Erklärung. Eine Krankenschwester sagte, sie sollten nach Hause gehen.

Die junge Frau konnte die Täter nicht nennen, sie konnte die Männer nicht auseinanderhalten; unter Schminke und Perücken hatten alle gleich ausgesehen. Bei der Gegenüberstellung wollte sie nicht hinsehen, und als sie sich doch überwand, konnte sie keinen erkennen. Niemand wusste, welcher der Männer bei der Polizei angerufen hatte, aber es war klar, dass es einer von ihnen gewesen war. Für jeden Einzelnen musste deshalb gelten, dass er der Anrufer sein konnte. Acht waren schuldig, aber jeder konnte auch der eine Unschuldige sein.

—

Er war mager. Kantiges Gesicht, Goldbrille, vorspringendes Kinn. Damals war das Rauchen in den Besucherzellen der Haftanstalten noch erlaubt, er rauchte unzählige Zigaretten. Während er sprach, bildete sich Speichel in seinen Mundwinkeln, die er mit einem Taschentuch auswischte. Er war schon zehn Tage in Haft, als ich ihn das erste Mal sah. Für mich war die Situation so neu wie für ihn, ich erklärte ihm zu ausführlich seine Rechte und das Verhältnis zwischen Mandant und Anwalt, Lehrbuchwissen aus Unsicherheit. Er erzählte von seiner Frau und den beiden Kindern, von seiner Arbeit und endlich vom Volksfest. Er sagte, es sei zu heiß gewesen an diesem Tag und dass sie zu viel getrunken hätten. Er wisse nicht, warum das geschehen sei. Das war alles, was er sagte – es sei zu heiß gewesen. Ich habe ihn nie gefragt, ob er mitgemacht hatte, ich wollte es nicht wissen.

Die Anwälte übernachteten in dem Hotel am Marktplatz der Stadt. In der Wirtsstube diskutierten wir die Akte. Es gab Fotos von der jungen Frau, von ihrem geschundenen Körper, ihrem geschwollenen Gesicht. Ich hatte so etwas noch nie gesehen. Ihre Aussagen waren wirr, sie ergaben kein Bild, und auf jeder Seite der Akte konnte man die Wut spüren, die Wut der Polizisten, die Wut des Staatsanwalts und die Wut der Ärzte. Es nutzte nichts.

Mitten in der Nacht klingelte das Telefon in meinem Zimmer. Ich konnte nur den Atem des anderen hören, er sprach nicht. Er hatte sich nicht verwählt. Ich hörte ihm zu, bis er auflegte. Es dauerte lange.

—

Das Amtsgericht lag am gleichen Platz wie das Hotel, ein klassizistisches Gebäude mit einer kleinen Freitreppe, es feierte die Größe des Rechtsstaats. Die Stadt war berühmt für ihre Weinkeltereien, Kaufleute und Winzer lebten hier, ein glücklicher Landstrich, von allen Kriegen verschont. Alles strahlte hier vor Würde und Rechtschaffenheit. Jemand hatte Geranien auf die Fensterbänke des Gerichts gestellt.

Der Richter rief uns nacheinander in sein Zimmer. Ich trug eine Robe, weil ich nicht wusste, dass man sie bei solchen Terminen nicht trägt. Als die Haftprüfung begann, redete ich zu viel, so wie man eben redet, wenn man jung ist und meint, alles sei besser, als zu schweigen. Der Richter sah nur meinen Mandanten an, ich glaube nicht, dass er mir zuhörte. Aber zwischen dem Richter und dem Mann stand etwas anderes, etwas viel Älteres als unsere Prozessordnung, eine Anklage, die nichts mit den geschriebenen Gesetzen zu tun hatte. Und als ich fertig war, fragte der Richter noch einmal, ob der Mann schweigen wolle. Er fragte es leise und ohne Betonung, während er seine Lesebrille zusammenklappte und wartete. Der Richter kannte die Antwort, aber er stellte die Frage. Und wir alle in dem kühlen Verhandlungszimmer wussten, dass das Verfahren hier enden würde und dass Schuld eine ganz andere Sache war.

Später warteten wir auf dem Flur auf die Entscheidung des Ermittlungsrichters. Wir waren neun Verteidiger, mein Bekannter und ich waren die Jüngsten. Wir beide hatten uns neue Anzüge gekauft für dieses Verfahren. Wie alle Anwälte scherzten wir, die Situation sollte uns nicht gefangen nehmen, und ich war jetzt ein Teil von allem. Am Ende des Flures lehnte ein Wachtmeister an der Wand, er war dick und müde, und er verachtete uns.

Am Nachmittag hob der Richter die Haftbefehle auf, er sagte, es sei kein Nachweis zu führen, die Beschuldigten hätten geschwiegen. Er las den Beschluss vom Blatt ab, obwohl es nur zwei Sätze waren. Danach war es still. Die Verteidigung war richtig gewesen, aber jetzt wusste ich nicht, ob ich aufstehen sollte, bis die Protokollführerin mir den Beschluss gab und wir das Zimmer verließen. Der Richter hatte nicht anders entscheiden können. Im Flur roch es nach Linoleum und alten Akten.

Die Männer wurden entlassen. Sie gingen durch einen Hinterausgang, sie gingen zurück zu ihren Frauen und Kindern und ihrem Leben. Sie bezahlten weiter ihre Steuern und ihre Kredite, sie schickten ihre Kinder in die Schule, und keiner redete mehr über die Sache. Nur die Kapelle wurde aufgelöst. Ein Prozess fand nie statt.

Vor dem Amtsgericht stand der Vater der jungen Frau, er stand in der Mitte der Treppe, als wir links und rechts an ihm vorbeigingen, keiner berührte ihn. Er sah uns an, rot geweinte Augen, ein gutes Gesicht. Am Rathaus gegenüber hing noch das Plakat zur Feier der Stadt. Die älteren Anwälte sprachen mit den Journalisten, die Mikrofone glänzten wie Fische in der Sonne, und hinter ihnen setzte sich der Vater auf die Stufen des Gerichtsgebäudes und vergrub den Kopf zwischen den Armen.

—

Nach der Haftprüfung gingen mein Studienfreund und ich zum Bahnhof. Wir hätten über den Sieg der Verteidigung sprechen können oder über den Rhein neben den Gleisen oder über irgendetwas. Aber wir saßen auf der hölzernen Bank, von der die Farbe abblätterte, und keiner wollte etwas sagen. Wir wussten, dass wir unsere Unschuld verloren hatten und dass das keine Rolle spielte. Wir schwiegen auch noch im Zug in unseren neuen Anzügen neben den kaum benutzten Aktentaschen, und während wir nach Hause fuhren, dachten wir an das Mädchen und die ordentlichen Männer und sahen uns nicht an. Wir waren erwachsen geworden, und als wir ausstiegen, wussten wir, dass die Dinge nie wieder einfach sein würden.

DNA

Für M.R.

Nina war siebzehn. Sie saß vor dem Bahnhof Zoo, vor ihr ein Pappbecher mit ein paar Münzen. Es war kalt, der Schnee blieb schon liegen. Sie hatte sich das nicht so vorgestellt, aber es war besser als alles andere. Sie hatte ihre Mutter das letzte Mal vor zwei Monaten angerufen, ihr Stiefvater war ans Telefon gegangen. Er hatte geweint, sie solle zurückkommen, hatte er gesagt. Es war alles sofort wieder da gewesen, sein Geruch nach Schweiß und altem Mann, seine behaarten Hände. Sie hatte aufgelegt.

Ihr neuer Freund, Thomas, lebte auch am Bahnhof. Er war 24, er passte auf sie auf. Sie tranken viel, die harten Sachen, die wärmten und alles vergessen ließen. Als der Mann auf sie zukam, dachte sie, es sei ein Freier. Sie war keine Prostituierte. Sie wurde wütend, wenn Männer sie fragten, was es koste. Einmal hatte sie einem ins Gesicht gespuckt.

Der alte Mann fragte, ob sie mitkomme, er habe eine warme Wohnung, er wolle keinen Sex. Er wolle an Weihnachten nur nicht alleine sein. Er sah ordentlich aus, vielleicht 60 oder 65, dicker Mantel, geputzte Schuhe. Sie sah immer zuerst auf die Schuhe. Sie fror.

»Nur wenn mein Freund mitkommen kann«, sagte sie.

»Natürlich«, sagte der Mann. Es sei ihm sogar lieber.

Später saßen sie bei dem Mann in der Küche. Es gab Kaffee und Kuchen. Der Mann fragte, ob sie baden wolle, das täte ihr gut. Sie war unsicher, aber Thomas war da. Es kann nichts passieren, dachte sie. Die Tür zum Badezimmer hatte keinen Schlüssel.

Sie lag in der Badewanne. Es war warm, das Badeöl roch nach Birken und Lavendel. Sie sah ihn erst nicht. Er hatte die Tür hinter sich geschlossen. Seine Hose hatte er heruntergelassen, er onanierte. Es sei doch nicht schlimm, sagte er und lächelte unsicher. Aus dem anderen Zimmer hörte sie den Fernseher. Sie schrie. Thomas stieß die Tür auf, die Klinke traf den Mann in die Nieren.

Er verlor das Gleichgewicht und fiel über die Kante der Badewanne. Er lag im Wasser, bei ihr, sein Kopf auf ihrem Bauch. Sie strampelte, sie zog die Knie an, sie wollte raus, weg von dem Mann. Sie traf ihn an der Nase, das Blut lief ins Wasser. Thomas packte ihn an den Haaren, er hielt ihn unter Wasser. Nina schrie immer noch. Sie stand in der Wanne, nackt, sie half Thomas und drückte auf den Nacken des Mannes. Sie dachte, es dauert lange. Dann bewegte er sich nicht mehr. Sie sah die Haare auf seinem Hintern und schlug mit der Faust auf seinen Rücken.

»Das Schwein«, sagte Thomas.

»Das Schwein«, sagte Nina.

Dann sagten sie nichts mehr. Sie gingen in die Küche und versuchten nachzudenken. Nina hatte sich ein Handtuch umgewickelt, sie rauchten. Sie wussten nicht, was sie tun sollten.

Thomas musste ihre Sachen aus dem Badezimmer holen. Der Körper des Mannes war zu Boden gerutscht, er verklemmte die Tür.

»Weißt du, dass sie die Tür mit einem Schraubenzieher aus den Angeln hebeln müssen?«, sagte er in der Küche und gab ihr ihre Sachen.

»Nein, wusste ich nicht.«

»Sie werden ihn sonst nicht rauskriegen.«

»Werden sie das machen?«

»Anders geht's nicht.«

»Ist er tot?«

»Ich glaube schon«, sagte er.

»Du musst noch mal rein. Mein Portemonnaie und der Personalausweis sind noch drin.«

Er durchsuchte die Wohnung und fand 8500 DM im Schreibtisch. »Für Tante Margret« stand auf dem Umschlag. Sie wischten ihre Fingerabdrücke ab. Dann verließen sie die Wohnung. Sie waren zu langsam, die Nachbarin, eine ältere Dame mit starker Brille, sah sie auf dem Laubengang.

Sie fuhren mit der S-Bahn zurück zum Bahnhof. Später saßen sie in einem Imbiss.

»Es war schrecklich«, sagte Nina.

»Der Idiot«, sagte Thomas.

»Ich liebe dich«, sagte sie.

»Ja.«

»Was ist? Liebst du mich auch?«

»Hat nur er es sich gemacht?«, fragte Thomas und sah sie direkt an.

»Ja, was denkst du?« Plötzlich hatte sie Angst.

»Hast du auch was gemacht?«

»Nein, ich hab geschrien. Dieses alte Schwein«, sagte sie.

»Gar nichts?«

»Nein, gar nichts.«

»Es wird schwer werden«, sagte er nach einer Pause.

Eine Woche später sahen sie das Plakat an einer Säule im Bahnhof. Der Mann war tot. Ein Polizist kannte die beiden aus dem Bahnhofsrevier. Er meinte, die Beschreibung der Nachbarin könnte auf sie passen. Sie wurden vernommen. Die alte Dame war sich nicht sicher. Ihre Kleidung wurde abgeklebt, die Beamten verglichen sie mit Fasern aus der Wohnung des Toten. Das Ergebnis war nicht eindeutig. Der Mann war als Freier bekannt, er hatte zwei Vorstrafen wegen sexueller Nötigung und Verkehr mit Minderjährigen. Sie wurden entlassen. Der Fall wurde nicht aufgeklärt.

—

Sie hatten alles richtig gemacht. Neunzehn Jahre lang hatten sie alles richtig gemacht. Von dem Geld des Toten hatten sie eine Wohnung gemietet, später waren sie in ein Reihenhaus gezogen. Sie hatten aufgehört zu trinken. Nina war Verkäuferin in einem Supermarkt, Thomas arbeitete bei einem Grossisten als Lagerverwalter. Sie hatten geheiratet. In dem Jahr hatte sie einen Jungen bekommen, ein Jahr später ein Mädchen. Sie kamen zurecht, es lief gut. Einmal geriet er in eine Schlägerei in der Firma, er wehrte sich nicht, sie verstand das.

Als ihre Mutter starb, wurde sie rückfällig. Sie rauchte wieder Marihuana. Thomas fand sie am Bahnhof, an ihrem alten Platz. Sie saßen ein paar Stunden zusammen auf einer Bank im Tiergarten, dann fuhren sie nach Hause. Sie legte ihren Kopf in seinen Schoß. Sie brauchte das nicht mehr. Sie hatten Freunde und engen Kontakt zu seiner Tante in Hannover. Die Kinder waren gut in der Schule.

—

Als die Wissenschaft so weit war, wurden die Zigaretten im Aschenbecher des Toten molekulargenetisch untersucht. Alle, die damals verdächtig gewesen waren, wurden zu einer Reihenuntersuchung gebeten. Das Schreiben sah bedrohlich aus, ein Wappen, die Aufschrift »Der Polizeipräsident von Berlin«, dünnes Papier in einem grünen Umschlag. Es lag zwei Tage auf dem Küchentisch, bis sie darüber reden konnten. Es musste sein, sie gingen hin, nur ein Wattestäbchen im Mund, es tat nicht weh.

Eine Woche später wurden sie festgenommen.

Der Hauptkommissar sagte: »Es ist besser für Sie.« Er machte nur seine Arbeit. Sie gaben alles zu, sie glaubten, es komme nicht mehr drauf an. Thomas rief mich zu spät an. Das Gericht hätte einen Unfall nicht sicher ausschließen können, wenn sie geschwiegen hätten.

—

Sechs Wochen später wurden sie aus der Untersuchungshaft entlassen. Der Ermittlungsrichter sagte, der Fall sei ganz außergewöhnlich, die Beschuldigten seien inzwischen fest in die Gesellschaft integriert. Sie seien zwar dringend verdächtig, eine Verurteilung sicher, aber sie würden nicht fliehen.

—

Es ließ sich nie aufklären, woher die Pistole stammte. Er schoss ihr ins Herz und sich in die Schläfe. Beide waren sofort tot. Ein Hund fand sie am nächsten Tag. Sie lagen am Wannsee, nebeneinander, geschützt in einer Sandkuhle. Sie hatten es nicht in der Wohnung machen wollen. Erst vor zwei Monaten hatten sie die Wände gestrichen.

Die Illuminaten

Der Orden der Illuminaten wurde am 1. Mai 1776 von Adam Weishaupt gegründet, einem Lehrer für Kirchenrecht an der Universität Ingolstadt. Damals hatten nur die Studenten der Jesuiten Zugang zu den Bibliotheken, Weishaupt wollte das ändern. Der Professor hatte kein Organisationstalent, vielleicht war er mit seinen 28 Jahren auch einfach zu jung. Ein Freimaurer, Adolph von Knigge, übernahm 1780 die Führung des Geheimbundes. Knigge kannte sich aus, der Orden wuchs, bis er wegen seiner aufklärerischen Tendenzen eine Gefahr für die Krone darstellte und schließlich als staatsfeindlich verboten wurde. Danach gab es eine Menge Theorien. Weil Adam Weishaupt George Washington ein wenig ähnlich sah, wurde behauptet, die Illuminaten hätten den Präsidenten ermordet und ihn durch Weishaupt ersetzt – das Wappentier der USA, der Weißkopfadler, sei dafür ein Beleg. Und weil die Menschen schon immer Verschwörungstheorien liebten, gehörten plötzlich alle zu den Illuminaten: Galileo, die babylonische Gottheit Lilith, Luzifer und am Ende die Jesuiten selbst.

In Wirklichkeit starb Weishaupt 1830 in Gotha, die Geschichte des Orden endete durch das Verbot der Regierung im Jahre 1784, und alles, was übrig blieb, ist eine kleine Gedenktafel in der Ingolstädter Fußgängerzone.

Manchen ist das zu wenig.

—

Als Henry sechs Jahre alt war, wurde er eingeschult und die Dinge begannen schiefzulaufen. Die Schultüte war aus rotem Filz, beklebt mit Sternen und einem Zauberer mit Spitzbart. Es war eine schwere Tüte, sie hatte eine Haube aus grünem Papier, er hatte sie alleine getragen, seit sie von zu Hause weggefahren waren. Dann war die Tüte an der Türklinke des Klassenzimmers hängen geblieben und hatte eine Delle bekommen. Er saß auf seinem Stuhl, er starrte auf seine Tüte und die Tüten der andern, und als ihn die Lehrerin nach seinem Namen fragte, wusste er nicht, was er sagen sollte, und er begann zu weinen. Er weinte wegen der Delle, wegen der fremden Menschen, wegen der Lehrerin, die ein rotes Kleid trug, und weil er sich alles ganz anders vorgestellt hatte. Der Junge neben ihm stand auf und suchte sich einen neuen Nachbarn. Bis dahin hatte Henry geglaubt, die Welt sei für ihn erschaffen, manchmal hatte er sich schnell umgedreht, er hatte die Gegenstände dabei erwischen wollen, wie sie einen anderen Platz einnahmen. Jetzt würde er das nie wieder tun. An den Rest der Schulstunde erinnerte er sich nicht mehr, aber später glaubte er, sein Leben habe an jenem Tag eine Unwucht bekommen, die er nicht wieder ausgleichen konnte.

Henrys Eltern waren ehrgeizig, sein Vater ein Mann, den nie jemand in der Kleinstadt ohne Krawatte und geputzte Schuhe sah. Er war mit allen Anstrengungen seiner Herkunft stellvertretender Direktor der Elektrizitätswerke und Mitglied im Stadtrat geworden, seine Frau war die Tochter des größten Bauern der Gegend. Und weil der Vater selbst nur die mittlere Reife hatte, wollte er für seinen Sohn mehr. Er hatte eine falsche Vorstellung von privaten Schulen, den staatlichen misstraute er, und deshalb beschlossen die Eltern, Henry in ein Internat nach Süddeutschland zu bringen.

—

Eine Kastanienallee führte zu dem ehemaligen Kloster aus dem sechzehnten Jahrhundert. Der Trägerverein des Internats hatte das Haus vor 60 Jahren gekauft, es hatte einen guten Ruf; Industrielle, hohe Beamte, Ärzte und Rechtsanwälte schickten ihre Kinder auf diese Schule. Der Leiter des Internats war ein dicker Mann mit Halstuch und grünem Jackett, er begrüßte die Familie an der Pforte. Die Eltern redeten mit dem Fremden, Henry ging hinter ihnen, er sah die Lederflecken an den Ellenbogen des Mannes und seine rötlichen Nackenhaare. Die Stimme des Vaters war leiser als sonst. Andere Kinder kamen ihnen entgegen, einer nickte Henry zu, er wollte es nicht erwidern und sah zur Wand. Der Fremde zeigte ihnen Henrys Zimmer für das nächste Jahr, er teilte es mit acht anderen Kindern. Die Betten standen in Holzkojen, vor jeder ein Vorhang aus Leinen. Der Mann sagte zu Henry, das sei jetzt sein »Bereich«, er dürfe Poster mit Tesafilm aufhängen, er sagte das so, als wäre er freundlich. Dann klopfte er ihm auf die Schulter. Henry verstand ihn nicht, die Hände des Fremden waren fleischig und weich, endlich ging er.

Die Mutter räumte seinen Schrank ein, alles war fremd, die Bettwäsche hatte nichts mit zu Hause zu tun, die Geräusche einen anderen Klang. Henry hoffte noch immer, dass alles ein Irrtum sei.

Sein Vater langweilte sich, er saß neben Henry auf dem Bett, beide sahen zu, wie die Mutter die drei Koffer auspackte. Sie sprach ununterbrochen, sie sagte, sie wäre auch gerne auf ein Internat gegangen, die Ferienlager in ihrer Jugend habe sie geliebt. Henry wurde von dem Singsang ihrer Stimme müde. Er lehnte sich an das Kopfteil des Bettes und schloss die Augen. Als er geweckt wurde, hatte nichts sich verändert.

Ein Mitschüler kam, er sagte, er habe den Auftrag, die Eltern »herumzuführen«. Sie sahen zwei Klassenzimmer, den Speisesaal, die Teeküche, alles stammte aus den Siebzigerjahren, die Möbel hatten abgerundete Kanten, die Lampen waren orange, alles war bequem, nichts schien in ein Kloster zu passen. Die Mutter war von allem begeistert, und Henry wusste, wie dumm der Schüler sie fand. Am Ende gab der Vater dem Schüler zwei Euro. Es war zu wenig, die Mutter rief ihn zurück und steckte ihm nochmals Geld zu. Der Junge verbeugte sich, er hielt die Münzen in der Hand, er sah Henry an, und Henry dachte, dass er schon jetzt verloren habe.

Irgendwann sagte der Vater, es sei schon spät, sie hätten noch die lange Rückfahrt vor sich. Als sie die Allee herunterfuhren, sah Henry, wie seine Mutter sich im Wagen noch einmal zu ihm umdrehte und winkte. Er sah ihr Gesicht durch die Scheibe, er sah, wie sie mit seinem Vater sprach, ihr roter Mund bewegte sich lautlos, er würde sich immer bewegen, und plötzlich begriff er, dass er es nicht mehr für ihn tat. Er behielt die Hände in den Taschen. Das Auto wurde immer kleiner, bis er es nicht mehr von den Schatten der Allee unterscheiden konnte.

Er war jetzt zwölf Jahre alt, und er wusste, dass alles zu früh und zu ernst für ihn war.

—

Das Internat war eine eigene Welt, enger und intensiver und ohne Kompromisse. Es gab die Sportler, die Intellektuellen, die Aufschneider und die Sieger. Und es gab die, die nicht beachtet wurden, die Unauffälligen. Niemand entschied selbst, wer er war, die anderen richteten, und fast immer war das Urteil endgültig. Mädchen hätten dort das Korrektiv sein können, aber sie wurden nicht aufgenommen, ihre Stimme fehlte.

Henry gehörte zu den Unauffälligen. Er sagte die falschen Dinge, er trug die falschen Sachen, er war schlecht im Sport, und selbst bei den Computerspielen versagte er. Niemand erwartete etwas von ihm, er lief mit, es gab noch nicht einmal Witze über ihn. Er war einer von denen, die man später auf Klassentreffen nicht erkennen würde. Henry fand einen Freund, ein Junge aus seinem Zimmer, der las Fantasyromane und hatte nasse Hände. Sie saßen im Speisesaal an dem Tisch, der das Essen zuletzt bekam, und bei Klassenausflügen blieben sie unter sich. Sie kamen durch, aber wenn Henry nachts wach lag, wollte er, dass es mehr für ihn gab.

Er war ein mittelmäßiger Schüler. Auch wenn er sich anstrengte, änderte sich nichts. Mit vierzehn bekam er Akne, und alles wurde schlimmer. Die Mädchen, die er in seiner Kleinstadt in den Ferien traf, wollten nichts mit ihm zu tun haben. Wenn sie im Sommer mit den Fahrrädern am Nachmittag zum Baggersee fuhren, musste er das Eis und die Getränke bezahlen, damit er bei ihnen sitzen durfte. Um es sich leisten zu können, stahl er Geld aus dem Portemonnaie seiner Mutter. Die Mädchen küssten trotzdem andere, ihm blieben nachts nur die Bilder, die er heimlich von ihnen machte.

Nur einmal war es anders, sie war die Hübscheste aus der Clique. Es war in den Sommerferien, er war gerade fünfzehn geworden. Sie hatte ihm gesagt, er solle mitkommen, sie hatte es einfach so gesagt. Er war ihr in die enge Umkleidekabine gefolgt, ein Holzschuppen am See ohne Fenster; Gerümpel und eine schmale Bank. Sie hatte sich vor ihm im Halbdunkeln ausgezogen und ihm gesagt, er solle sich setzen und seine Hose öffnen. Das Licht zwischen den Brettern teilte ihren Körper, er sah nur ihren Mund, ihre Brüste, ihre Scham, er sah den Staub in der Luft und roch die alten Luftmatratzen unter der Bank, und er hörte die anderen am See. Sie kniete sich vor ihn und fasste ihn an, ihre Hände waren kalt, das Licht fiel auf ihren Mund, auf ihre Zähne, die zu weiß waren. Er spürte ihren Atem vor seinem Gesicht, und plötzlich hatte er Angst. Er schwitzte in dem dunklen Raum, er starrte auf ihre Hand, die seinen Penis umfasste, die Adern auf ihrem Handrücken. Ihm fiel ein Abschnitt aus dem Biologiebuch ein, »die Finger einer Hand öffnen und schließen sich im Laufe eines Lebens 22 Millionen Mal«, hatte dort gestanden. Er wollte ihre Brüste berühren, aber er traute sich nicht. Dann bekam er einen Krampf in der Wade, und als er kam, sagte er, weil er etwas sagen musste: »Ich liebe dich.« Sie stand schnell auf und wandte sich ab, sein Bauch war vom Sperma verklebt, sie zog ihren Bikini wieder an, hastig und gebückt, sie öffnete die Tür und drehte sich im Rahmen zu ihm um. Er konnte jetzt ihre Augen sehen, Mitleid und Ekel und etwas anderes, was er noch nicht kannte. Dann sagte sie leise: »Tut mir leid« und schmiss die Tür zu, sie rannte zu den anderen, sie war verschwunden. Er saß noch lange im Dunkeln. Als sie sich am nächsten Morgen trafen, stand sie zwischen ihren Freundinnen. Sie sagte laut, sodass alle es hörten, er solle nicht so blöd schauen, sie habe doch nur eine Wette verloren, und »das gestern« sei der Einsatz gewesen. Und weil er jung und verwundbar war, wurde die Unwucht größer.

—

In der neunten Klasse kam eine neue Lehrerin ins Internat, sie unterrichtete Kunst, und plötzlich veränderte sich Henrys Leben. Bis dahin war ihm die Schule gleichgültig gewesen, er hätte gerne etwas anderes gemacht. Einmal in den Ferien hatte er in der Schraubenfabrik zu Hause ein Praktikum gemacht, dort wäre er gerne geblieben. Ihm gefiel der geregelte Ablauf der Dinge, der immer gleiche Rhythmus der Maschinen, die immer gleichen Gespräche in der Kantine. Er mochte den Meister, dem er zugeteilt war und der seine Fragen einsilbig beantwortete.

Mit der neuen Lehrerin wurde alles anders. Henry hatte sich bis dahin nie für Kunst interessiert. In seinem Elternhaus hingen einige Zeichnungen, schnell gemachte Blätter für Touristen, die sein Vater auf der Hochzeitsreise bei fliegenden Händlern in Paris gekauft hatte. Das einzige Original stammte von Henrys Großvater und hing in seinem Kinderzimmer über dem Bett. Es zeigte eine Sommerlandschaft in Ostpreußen, er spürte die Hitze und die Einsamkeit, und Henry wusste mit einer Sicherheit, die er eigentlich nicht haben konnte, dass es ein gutes Bild war. Im Internat hatte er für den Freund Figuren aus dessen Fantasyromanen gezeichnet, Szenen von Zwergen, von Orks und von Elfen, und Henry zeichnete sie so, dass alles lebendiger als die Sprache in den Büchern war.

Die Lehrerin war fast 65 Jahre alt und stammte aus dem Elsass, sie trug schwarz-weiße Kostüme. Ihre Oberlippe bebte ein wenig, wenn sie über Kunst sprach, und dann konnte man noch schwach ihren französischen Akzent hören.

Sie hatte die Kinder, wie immer zu Beginn des Schuljahres, eine Szene aus ihren Ferien malen lassen. Sie blätterte am Nachmittag in den Schülerarbeiten, sie wollte sehen, wie weit sie waren. Sie nahm die Bilder einzeln aus der Mappe, sie rauchte, was sie nur zu Hause tat. Manchmal machte sie sich Notizen. Dann hielt sie Henrys Blatt in den Händen, eine Zeichnung, nur ein paar Bleistiftstriche: Seine Mutter holt ihn vom Bahnhof ab. Ihr war der Junge in der Klasse nicht einmal aufgefallen, aber jetzt begann ihre Hand zu zittern. Sie verstand seine Zeichnung, alles lag offen vor ihr. Sie sah die Kämpfe, die Wunden und die Angst, und plötzlich sah sie den Jungen selbst.

Abends schrieb sie in ihr Tagebuch unter diesen Tag nur zwei Sätze: »*Henry P. ist die größte Begabung, die ich jemals gesehen habe. Er ist das Geschenk meines Lebens.*«

—

Kurz nach den Weihnachtsferien erwischten sie ihn.

An das Kloster war in den Siebzigerjahren ein Schwimmbad angebaut worden. Es war schwül dort, es roch nach Chlor und Plastik, die Schüler zogen sich in einem Vorraum um. Henry hatte sich am Beckenrand die Hand angeschlagen und durfte vor den anderen gehen. Ein paar Minuten später holte ein anderer Junge seine Uhr, er wollte stoppen, wie lange man unter Wasser bleiben konnte. Als er in den Vorraum kam, sah er, wie Henry Geld aus den Hosen der anderen nahm, wie er es zählte und einsteckte. Er sah ihm minutenlang zu, das Wasser tropfte auf den gekachelten Boden. Irgendwann bemerkte Henry ihn und hörte ihn sagen: »Du Schwein.« Henry sah die Wasserlache unter dem Jungen, seine grün-weiße Schwimmhose, die Haare, die ihm nass ins Gesicht fielen. Plötzlich verlangsamte sich die Welt, er sah einen einzelnen Tropfen in Zeitlupe fallen, seine Oberfläche war vollkommen, das Neonlicht der Decke brach sich in ihm. Als er auf dem Boden zerklatschte, tat Henry etwas, was er nicht hätte tun dürfen und was er auch später niemandem erklären konnte: Er kniete. Der andere Junge grinste von oben und sagte nochmals: »Du Schwein, das wirst du büßen.« Dann ging er zurück in die Schwimmhalle.

—

Der Junge gehörte zu einer kleinen Gruppe im Internat, die sich heimlich Illuminati nannte. In den Sommerferien hatte er ein Buch über untergegangene Orden, über die Templer und Illuminaten gelesen. Er war sechzehn und suchte nach Erklärungen für die Welt. Er gab das Buch den anderen, und nach einigen Monaten kannten sie alle Theorien. Sie waren zu dritt, sie redeten über den heiligen Gral und über Weltverschwörungen, sie trafen sich nachts, suchten nach Zeichen im Kloster, und schließlich fanden sie die Symbole, weil sie sie finden wollten. Die Fensterbögen warfen mittags Schatten, die wie Pentagramme aussahen, auf dem dunklen Gemälde des Abtes, der das Kloster gegründet hatte, entdeckten sie eine

Eule, das Symbol der Illuminaten, und über der Turmuhr meinten sie eine Pyramide zu sehen. Sie nahmen alles ernst, und weil sie mit niemanden darüber sprachen, gewannen die Dinge eine Bedeutung, die ihnen nicht zustand. Sie bestellten sich über das Internet Bücher, sie lasen in unzähligen Foren, und allmählich glaubten sie, was sie sagten.

Als sie beim Exorzismus angelangt waren, beschlossen sie, ein Opfer zu suchen, einen Menschen, den sie von seinen Sünden reinigen und zu ihrem Jünger machen konnten. Viel später, nachdem alles passiert war, fand man in ihren Schränken und Bettkästen mehr als 400 Bücher über Inquisitionsprozesse, Satansriten, Geheimbünde und Selbstgeißler, und ihre Computer waren voll mit Bildern von Hexenfoltern und sadistischer Pornografie. Sie dachten, ein Mädchen wäre ideal, und sie sprachen darüber, was sie mit ihr machen würden. Aber als im Schwimmbad die Sache mit Henry passierte, war es entschieden.

—

Die Lehrerin war vorsichtig mit Henry. Sie ließ ihn zeichnen, was er wollte. Dann zeigte sie ihm Bilder, sie erklärte ihm Anatomie, Perspektive und Komposition. Henry sog alles auf, nichts fiel ihm schwer. Er wartete jede Woche auf die zwei Stunden Kunstunterricht. Als er etwas weiter war, ging er mit seinem Zeichenblock nach draußen. Er zeichnete, was er sah, und er sah mehr als andere. Die Lehrerin sprach nur mit dem Internatsleiter über ihn, sie beschlossen, Henry im Schutz der Schule weiter wachsen zu lassen, zu zerbrechlich schien er noch. Er begann die Bilder aus den Kunstbüchern zu begreifen, und langsam ahnte er, dass er nicht allein war.

—

Die ersten Wochen demütigten sie ihn ohne Plan. Er musste ihre Schuhe putzen und für sie Süßigkeiten im Dorf kaufen. Henry tat, was sie ihm befahlen. Dann kam Fasching, die Schüler hatten, wie jedes Jahr, drei Tage frei, aber für die meisten war es zu weit, um nach Hause zu fahren. Sie langweilten sich, und für Henry wurde es schlimmer. Zu dem Kloster gehörte ein weiteres Gebäude, zur Zeit der Mönche war das Schlachthaus dort untergebracht gewesen, zwei

Räume, bis zur Decke gelb gekachelt. Es stand lange schon leer, aber es gab noch die alten Hackblöcke, und im Boden waren die Blutrinnen eingelassen.

Er musste sich nackt auf einen Stuhl setzen, und die drei Jungen gingen um ihn herum und schrien ihn an, er sei ein Schwein, ein Dieb und ein Verräter an ihrer Gemeinschaft, er sei Müll und hässlich. Sie redeten über seine Akne und seinen Penis. Sie schlugen ihn mit nassen Handtüchern, er durfte sich nur auf den Knien bewegen, oder sie ließen ihn auf dem Bauch kriechen, und immer musste er wiederholen: »Ich habe große Schuld auf mich geladen.« Sie zwangen ihn in eine Fleischertonne aus Eisen, sie schlugen auf das Metall, bis er fast taub war, und sie redeten darüber, was sie nur mit dem elenden Tier machen sollten. Kurz vor dem Abendessen hörten sie auf. Danach waren sie freundlich zu ihm und sagten, er solle sich wieder anziehen, sie würden am nächsten Wochenende weitermachen, jetzt aber dürften sie nicht zu spät zum Abendessen kommen.

An diesem Abend schrieb einer von ihnen nach Hause, er schrieb, wie die Woche gewesen sei, dass er sich auf die Ferien freue, er nannte seine

Noten in Englisch und Mathematik. Die beiden anderen spielten Fußball.

Henry ging nach dem Abendessen noch einmal ins alte Schlachthaus. Er stand im Halbdunkel, er wartete, aber er wusste nicht, auf was er wartete. Er sah durch die Fenster die Straßenlaterne, er dachte an seine Mutter und daran, wie er einmal Schokolade im Auto gegessen hatte und an die Sitze geschmiert hatte. Als sie es entdeckt hatte, hatte sie geschimpft. Damals hatte er den Wagen den ganzen Nachmittag geputzt, nicht nur die Sitze, sondern auch außen, auch die Reifen hatte er mit einer Bürste geschrubbt, bis das Auto geglänzt und sein Vater ihn gelobt hatte. Und plötzlich zog er sich aus, er legte sich auf den Boden und breitete die Arme aus, er spürte, wie die Kälte der Steinplatten in seine Knochen stieg. Er schloss die Augen und hörte auf nichts als seinen Atem. Henry war glücklich.

—

»*... aufgefahren in den Himmel, er sitzt zur Rechten Gottes, des allmächtigen Vaters, von dort wird er kommen, zu richten die Lebenden und die Toten ...*«

Es war die Karfreitagsliturgie, zu der die Schüler des Internats in die Dorfkirche gehen mussten.

Ursprünglich war es eine Marienkapelle gewesen, heute eine Barockkirche voller Gold, falschem Marmor, Engeln und Madonnen.

Henry hatte hier längst alles gezeichnet, aber heute sah er nichts. Er tastete nach dem Zettel in seiner Hosentasche. »Hodie te illuminatum inauguramus« stand dort, »heute weihen wir dich zum Illuminaten.« Er hatte darauf gewartet, der Zettel bedeutete ihm alles, er hatte ihn heute Morgen auf seinem Nachttisch gefunden. Unter dem lateinischen Text stand: »20 Uhr. Altes Schlachthaus.«

»*… und vergib uns unsere Schuld …*«

»Ja«, dachte er, »meine Schuld wird heute vergeben.« Er atmete so laut aus, dass sich ein paar Jungen nach ihm umdrehten. Sie waren bereits beim Vaterunser, die Liturgie würde gleich enden. »Meine Schuld wird vergeben«, sagte er halblaut und schloss die Augen.

—

Henry war nackt und musste sich die Schlinge selbst um den Hals legen. Die anderen hatten schwarze Kutten an, die sie in einem vergessenen Schrank auf dem Speicher gefunden hatten, rauhe Mönchskleidung und Cilicia, Büßerhemden aus

Ziegenhaar, die schon lange niemand mehr trug. Sie hatten Kerzen aufgestellt, das Licht spiegelte sich in den blinden Fenstern. Henry konnte die Gesichter der Jungen nicht mehr erkennen, aber er sah alle Einzelheiten: Er sah den Stoff der Kutten, er sah die Fäden, mit denen die Knöpfe angenäht waren, er sah die rot gemauerten Einfassungen der Fenster, das herausgebrochene Schloss der Tür, den Staub auf den Stufen, den Rost des Treppengeländers.

Sie banden ihm die Hände auf den Rücken. Mit Wasserfarbe aus dem Kunstunterricht malte einer der Jungen ein rotes Pentagramm auf Henrys Brust, ein Bannzeichen gegen das Böse, sie hatten das so auf einem Stich gesehen. Das Seil um seinen Hals zogen sie über die alte Seilwinde an einem Deckenhaken hoch. Henry berührte mit den Zehen kaum noch den Boden. Einer der Jungen las laut den großen Exorzismus vor, das Rituale Romanum, päpstliche Handlungsanweisungen in lateinischer Sprache, geschrieben 1614. Seine Worte hallten in dem Raum, keiner von ihnen verstand sie. Die Stimme des Jungen überschlug sich, er war von sich selbst ergriffen. Sie glaubten wirklich, ihn von seinen Sünden zu reinigen.

Henry fror nicht. Dieses Mal, dieses eine Mal

hatte er alles richtig gemacht, sie konnten ihn nicht mehr ablehnen. Einer der Jungen schlug zu, die Peitsche hatte er selbst hergestellt, er hatte Knoten in das Leder geknüpft. Es war kein harter Schlag, aber Henry verlor den Halt. Das Seil war aus Hanf, es schnitt in seinen Hals und nahm ihm die Luft, er strauchelte, seine Zehen fanden den Boden nicht mehr. Und dann bekam Henry eine Erektion.

Ein Mensch, der langsam erhängt wird, erstickt. In der ersten Phase schneidet das Seil in die Haut, Halsvenen und -arterien werden verschlossen, das Gesicht verfärbt sich blau-violett. Das Gehirn wird nicht mehr mit Sauerstoff versorgt, nach etwa zehn Sekunden schwindet das Bewusstsein, und nur wenn die Luftzufuhr nicht vollständig unterbrochen wird, dauert es länger. In der nächsten Phase, die etwa eine Minute dauert, zieht sich die Atemmuskulatur zusammen, die Zunge tritt aus dem Mund, Zungenbein und Kehlkopf werden verletzt. Dann kommen die Krämpfe, heftig und unkontrollierbar, Beine und Arme zucken acht- bis zehnmal, oft zerreißen die Halsmuskeln. Plötzlich scheint der Erhängte ruhig, er atmet nicht mehr, und nach ein, zwei Minuten beginnt die letzte Phase, der Tod ist jetzt kaum mehr abzuwenden. Der Mund öffnet sich, der Körper schnappt nach Luft, nur einzelne hechelnde Züge, nicht mehr als zehn in der Minute. Aus Mund, Nase und Ohren kann Blut austreten, das Gesicht ist jetzt aufgedunsen, die rechte Herzkammer erweitert. Nach etwa zehn Minuten tritt der Tod ein. Erektionen während des Hängens kommen nicht selten vor: Im fünfzehnten Jahrhundert glaubte man, die Alraune, ein Nachtschattengewächs, entstünde aus dem Sperma der Gehenkten.

Aber die jungen Männer wussten nichts über den Körper des Menschen. Sie verstanden nicht, dass Henry gerade starb, sie glaubten, die Schläge erregten ihn. Der Junge, der die Peitsche hatte, wurde wütend, er schlug härter und brüllte etwas, was Henry nicht mehr verstand. Er hatte keine Schmerzen. Er dachte daran, wie er als Kind ein angefahrenes Reh neben einem Feldweg gefunden hatte. Es hatte im Schnee und im Blut gelegen, und als er es hatte berühren wollen, hatte es den Kopf herumgerissen und ihn angestarrt. Jetzt war er einer von ihnen. Seine Schuld war getilgt, er würde nie wieder alleine sein, er war gereinigt, und endlich war er frei.

—

Der Weg vom Haus der Lehrerin zur einzigen Tankstelle im Dorf führte zwischen Kloster und altem Schlachthaus vorbei. Sie wollte dort Zigaretten kaufen und fuhr mit dem Fahrrad. Sie sah das Licht der Kerzen im Schlachthaus. Sie wusste, dass sich dort niemand aufhalten durfte. Sie war ihr ganzes Leben Lehrerin gewesen, sie hatte Kinder beaufsichtigt, erzogen, und vermutlich war es diese Verantwortung, die sie anhalten und die fünf ausgetretenen Stufen hinaufsteigen ließ. Sie öffnete die Tür. Sie sah die Kerzen, sie sah Henry, nackt, mit steifem Penis, halb erhängt in der Schlinge, und sie sah die drei Jungen in Mönchskutten, einer hatte eine Peitsche in der Hand. Sie schrie, wich einen halben Schritt zurück, verfehlte die Stufe, verlor das Gleichgewicht und schlug mit dem Nacken auf die Kante des letzten Absatzes. Ihr Genick brach, sie war sofort tot.

Das Seil um Henrys Hals war an einer Eisenkette befestigt, die über eine Rolle an der Decke zur Seilwinde lief. Als er die Lehrerin schreien hörte, ließ der Junge los, das Seil gab nach, Henry fiel zu Boden. Die schwere Kette raste über die Rolle, sie riss den Putz von der Decke, ihre Wucht zerschlug eine Steinplatte neben Henrys Kopf. Während die Jungen ins Internat rannten und Hilfe holten, blieb Henry liegen, dann zog er langsam die Beine an, er atmete, und als er die Augen öffnete, sah er die umgekippte Handtasche der Lehrerin im Eingang liegen.

—

Der Internatsleiter hatte mich über die Vermittlung des Zivilanwaltes der Schule angerufen. Er erzählte mir, was passiert war, ich solle die Interessen des Internats vertreten. Er wusste, dass die Lehrerin ein besonderes Verhältnis zu Henry hatte, enger als mit anderen Schülern, und obwohl er ihr immer vertraut hatte, hatte er jetzt Angst, dass ihr Tod damit etwas zu tun haben könnte.

Als ich fünf Tage nach den Ereignissen im Internat eintraf, war das alte Schlachthaus noch immer mit weiß-roten Flatterbändern abgesperrt. Die leitende Staatsanwältin sagte, die Ermittlungsbehörden hätten keinen Anlass, die Lehrerin zu verdächtigen. Die Kriminalbeamten hatten ihr Tagebuch gefunden. Ich nahm Akteneinsicht und las es in meinem Hotelzimmer.

Und es gab die Bilder. Die Polizei hatte sie in Henrys Schrank gefunden. Er hatte alles festgehalten, schnelle Tuschzeichnungen auf Hunderten von Blättern, jede Demütigung war zu sehen, jede Demütigung und alle Lust. Die Bilder würden der Hauptbeweis im Prozess werden, niemand würde etwas leugnen können. Auf keiner Zeichnung war die Lehrerin zu sehen, ihr Tod war tatsächlich ein Unglücksfall. Henry konnte ich nicht sprechen, er war nach Hause gebracht worden, aber es gab fast 50 Seiten Vernehmungsprotokolle, und mit seinem Freund redete ich viele Stunden.

Am Ende der Woche konnte ich den Internatsleiter beruhigen. Henrys Eltern würden die Schule nicht verklagen, sie wollten nicht, dass der Fall ihres Sohnes öffentlich würde. Die Staatsanwaltschaft hatte nicht vor, die Leitung des Internats vor Gericht zu stellen, das Strafverfahren gegen die Jungen würde nicht öffentlich sein: Sie waren erst siebzehn, es würde nur um ihre Schuld gehen. Mein kurzes Mandat war damit beendet.

Ein befreundeter Anwalt, der einen der jungen Männer verteidigte, sagte mir später, alle hätten gestanden, sie seien zu einer Jugendstrafe von jeweils drei Jahren verurteilt worden. Der Tod der Lehrerin wurde ihnen nicht vorgeworfen.

—

Als ich einige Jahre nach den Ereignissen in der Gegend war, rief ich den Internatsleiter an, er lud mich zu einem Kaffee in das Kloster ein. Das alte Schlachthaus war abgerissen worden, dort war jetzt ein Parkplatz. Henry war nicht mehr ins Internat zurückgekommen. Er war lange krank gewesen und arbeitet jetzt in der Schraubenfabrik, in der er schon sein Schülerpraktikum gemacht hatte. Henry hat nie wieder gezeichnet.

Am Abend fuhr ich über die gleiche Allee zurück, auf der Henry vor vielen Jahren von seinen Eltern ins Internat gebracht worden war. Ich sah den Hund zu spät. Als ich bremste, stellte der Wagen sich auf dem Schotterweg quer. Der Hund war riesig und schwarz, er überquerte die Allee und ließ sich Zeit, er sah mich nicht einmal an. Im Mittelalter hatten solche Hunde die Alraunen aus dem Boden ziehen müssen, man hatte geglaubt, die Pflanze würde schreien, wenn sie entwurzelt wird, und ihr Schrei würde die Menschen töten. Den Hunden war das wohl egal. Ich wartete, bis er zwischen den Bäumen verschwunden war.

Kinder

Bevor sie ihn abholten, war es bei Holbrecht immer gut gelaufen. Er hatte Miriam auf einem Abendessen bei Freunden kennengelernt. Sie hatte ein schwarzes Kleid getragen und einen Seidenschal mit bunten Paradiesvögeln. Sie war Lehrerin in der Grundschule, er Vertreter für Büromöbel. Sie hatten sich verliebt, und als diese Zeit vorbei war, hatten sie sich immer noch gut verstanden. Auf den Familienfeiern sagte jeder, sie seien ein hübsches Paar, und die meisten meinten es ernst.

Ein Jahr nach der Hochzeit hatten sie eine Doppelhaushälfte in einer der ordentlicheren Vorstädte Berlins gekauft, und fünf Jahre später war sie fast abbezahlt. »Vor der Zeit«, hatte der Filialleiter der Volksbank gesagt. Er stand auf, wenn er Miriam oder ihn am Schalter sah. Holbrecht gefiel das. »Es gibt nichts auszusetzen«, dachte er.

Holbrecht wollte Kinder. »Nächstes Jahr«, hatte Miriam gesagt und: »Lass uns das Leben noch ein wenig genießen.« Sie war 29, er neun Jahre älter. Sie würden im Winter auf die Malediven fahren, und immer wenn sie davon sprachen, sah Miriam ihn an und lächelte.

Die Kunden schätzten seine gerade Art, mit den Bonuszahlungen kam er auf gut Neunzigtausend im Jahr. Wenn er im Auto zurück von den Terminen kam, hörte er Jazz, und nichts fehlte ihm.

—

Sie kamen um sieben Uhr morgens. An diesem Tag hätte er nach Hannover fahren müssen, ein neuer Kunde, Kompletteinrichtung einer Firma, ein guter Auftrag. Sie legten ihm Handschellen an und führten ihn aus dem Haus. Miriam starrte auf den Haftbefehl, sie hatte noch ihren Pyjama an, den er so gerne mochte. »Kindesmissbrauch in 24 Fällen«, sie kannte den Namen des Mädchens aus ihrer Klasse in der Grundschule. Sie stand mit einem Beamten in der Küche, als zwei der Uniformierten Holbrecht den schmalen Weg runter zum Streifenwagen brachten. Die Buchsbaumhecke hatte sie letztes Jahr gepflanzt; das Jackett, das sie ihm zu Weihnachten geschenkt hatte, hing irgendwie schief an seinen Schultern. Der Polizist sagte, die meisten Ehefrauen würden nichts ahnen. Es sollte tröstlich klingen. Dann durchsuchten sie das Haus.

—

Es wurde kein langer Prozess. Holbrecht stritt alles ab. Der Richter hielt ihm vor, dass auf seinem Computer Pornos gefunden worden seien. Zwar seien keine Kinder zu sehen, die Filme seien legal, aber die Frauen seien noch sehr jung, eine hätte fast keine Brust. Der Richter war 63 Jahre alt. Er glaubte dem Mädchen. Sie sagte, Holbrecht habe sie immer auf dem Nachhauseweg abgefangen. Er habe sie »da unten« angefasst, sie weinte bei ihrer Aussage. Es sei auf der Terrasse seines Hauses passiert. Ein anderes Mädchen bestätigte alles, sie habe es zweimal sogar selbst gesehen. Die Mädchen beschrieben das Haus und den kleinen Garten.

Miriam kam nicht zu der Hauptverhandlung. Ihr Anwalt schickte die Scheidungspapiere in die Untersuchungshaft. Holbrecht unterschrieb alles, ohne es zu lesen.

Das Gericht verurteilte ihn zu dreieinhalb Jahren. In der Urteilsbegründung stand, das Gericht habe keinen Anlass, an der Aussage des Mädchens zu zweifeln. Holbrecht saß seine Strafe bis zum letzten Tag ab. Der Therapeut hatte gewollt, dass er sich zu seiner Schuld bekennt. Er hatte geschwiegen.

—

Seine Schuhe waren vom Regen aufgeweicht, Wasser war über die Ränder eingedrungen und hatte die Socken durchnässt. Die Bushaltestelle hatte ein Plastikdach, aber Holbrecht stand lieber draußen. Der Regen lief über seinen Nacken in den Mantel. Alles, was er hatte, passte in den grauen Koffer, der neben ihm stand. Etwas Wäsche, ein paar Bücher, rund 250 Briefe an seine Frau, die er nie abgeschickt hatte. In der Hosentasche hatte er die Adressen seines Bewährungshelfers und einer Pension, in der er vorerst unterkommen konnte. Er hatte das Überbrückungsgeld, das er mit Gefängnisarbeit verdient hatte. Holbrecht war jetzt 42 Jahre alt.

Die nächsten fünf Jahre verliefen ruhig. Er lebte von dem, was er als wandelnde Litfaßsäule für ein Touristenrestaurant bekam. Er stand unten auf dem Kurfürstendamm mit bunten Bildern der Pizzen auf den Pappkartons. Er trug einen weißen Hut. Sein Trick war, den Leuten ein wenig zuzunicken, wenn er ihnen die Werbezettel gab. Die meisten nahmen ihn.

Er wohnte in einer Anderthalb-Zimmer-Wohnung in Schöneberg, sein Arbeitgeber schätzte ihn, er war nie krank. Er wollte nicht von Sozialhilfe leben, und er wollte nichts anderes tun.

—

Er erkannte sie sofort. Sie musste jetzt sechzehn oder siebzehn sein, eine junge Frau, sorglos, knappes T-Shirt. Sie war mit ihrem Freund unterwegs. Sie aß ein Eis. Sie warf die Haare zurück. Sie lachte. Sie war es.

Er drehte sich schnell zur Seite, ihm wurde schlecht. Er zog das Pappschild aus. Dem Restaurantbesitzer sagte er, er sei krank. Er war so bleich, dass es keine Fragen gab.

In der S-Bahn hatte jemand in den Dreck auf der Scheibe geschrieben »ich liebe dich« und ein anderer »SAU«. Zu Hause legte er sich in seinen Sachen auf das Bett, auf sein Gesicht breitete er ein nasses Küchenhandtuch. Er schlief vierzehn Stunden. Dann stand er auf, machte Kaffee und setzte sich ans geöffnete Fenster. Auf dem Vordach des Nachbarhauses lag ein Schuh. Die Kinder versuchten ihn mit einem Stock zu erreichen.

Am Nachmittag traf er seinen Freund, einen Obdachlosen, der in der Spree angelte. Er setzte sich neben ihn.

»Es geht um eine Frau«, sagte Holbrecht.

»Es geht immer um eine Frau«, sagte der andere.

Dann schwiegen sie. Als der Freund einen Fisch aus dem Wasser zog und auf dem Beton der Kaimauer totschlug, ging er nach Hause.

In der Wohnung sah er wieder aus dem Fenster. Der Schuh lag immer noch auf dem Vordach. Er holte ein Bier aus dem Eisschrank und presste die Flasche an seine Schläfe. Es war kaum kühler geworden.

—

Sie war jeden Samstag über den Kurfürstendamm an ihm und seinen Pappschildern vorbeigegangen. Er nahm sich die Wochenenden frei und wartete. Wenn sie kam, verfolgte er sie, wartete vor den Geschäften, vor den Cafés, den Restaurants. Er fiel niemandem auf. Am vierten Samstag kaufte sie Kinokarten. Er fand einen Platz direkt hinter ihr. Sein Plan würde aufgehen. Sie hatte die Hand auf den Oberschenkel ihres Freundes gelegt. Holbrecht setzte sich, er roch ihr Parfum, er hörte sie flüstern. Er zog das Küchenmesser aus seinem Hosenbund, er hielt es unter seinem Jackett umklammert. Sie hatte die Haare hochgesteckt, er sah den blonden Flaum auf dem schmalen Nacken. Fast konnte er die Härchen einzeln zählen.

Er glaubte, er habe jedes Recht.

—

Ich weiß nicht, weshalb Holbrecht gerade in meine Kanzlei kam. Ich habe keine Laufkundschaft, aber das Büro liegt in der Nähe des Kinos, und vielleicht war nur das der Grund. Die Sekretärin rief mich frühmorgens an, ein Mann ohne Anmeldung warte, er habe auf den Stufen vor dem Büro gesessen, und er habe ein Messer dabei. Die Sekretärin ist seit Langem bei mir, jetzt hatte sie Angst.

Holbrecht saß in sich zusammengesunken auf einem Stuhl, er starrte auf das Messer vor ihm auf dem Tisch. Er bewegte sich nicht. Ich fragte ihn, ob ich das Messer nehmen dürfe. Holbrecht nickte, ohne aufzusehen. Ich legte es in einen Umschlag und brachte es ins Sekretariat. Dann setzte ich mich zu ihm und wartete. Irgendwann sah er mich an. Das Erste, was er sagte, war: »Ich habe es nicht getan.« Ich nickte, manchmal ist es für Mandanten schwer zu reden. Ich bot ihm einen Kaffee an, dann saßen wir da und rauchten. Es war Hochsommer, durch die großen offenen Fenster des Besprechungsraumes hörte man helle Stimmen, Kinder auf Klassenfahrt. Jugendliche lachten in dem Café gegenüber. Ich schloss die Fenster, es war still und warm.

Es dauerte lange, bis er mir seine Geschichte erzählte. Er hatte eine merkwürdige Art zu sprechen, er nickte nach jedem Satz, er musste sich selbst bestätigen, was er sagte, er machte lange Pausen. Am Ende sagte er, er habe das Mädchen ins Kino verfolgt, aber er habe sie nicht erstochen, das hätte er nicht gekonnt. Er zitterte. Er hatte die ganze Nacht vor der Kanzleitür gesessen und war übermüdet. Die Sekretärin rief beim Kino an, es war tatsächlich nichts passiert.

—

Holbrecht brachte am nächsten Tag die Unterlagen des alten Verfahrens. Die Adresse der jungen Frau stand im Telefonbuch, ich schrieb sie an und fragte, ob sie mit mir sprechen wolle. Wir hatten keine andere Möglichkeit. Ich war überrascht, als sie tatsächlich kam.

Sie war eine junge Frau, Auszubildende im Gastgewerbe, Sommersprossen, nervös. Ihr Freund war mitgekommen, ich bat ihn, in einem anderen Zimmer zu warten. Als ich ihr die Geschichte Holbrechts erzählte, wurde sie ruhig. Sie schaute aus dem Fenster. Ich sagte ihr, dass wir kein Wiederaufnahmeverfahren gewinnen können, wenn sie nicht aussagt. Sie sah mich nicht an, sie antwortete nicht. Ich war mir nicht sicher, ob sie Holbrecht helfen würde, aber als sie mir zum Abschied die Hand gab, sah ich, dass sie geweint hatte.

—

Einige Tage später schickte sie ihr altes Tagebuch mit der Post. Es war rosa, Pferde und Herzen waren auf den Stoffumschlag gedruckt. Sie hatte es erst ein paar Jahre nach den Ereignissen geschrieben, es hatte sie nicht losgelassen. Auf einige Seiten hatte sie gelbe Zettel für mich geklebt. Als sie acht Jahre alt war, hatte sie sich die ganze Sache ausgedacht: Sie wollte Miriam, ihre Lehrerin, für sich allein, sie war eifersüchtig auf Holbrecht, der seine Frau manchmal abholte. Es war eine Mädchenphantasie. Sie hatte ihre Freundin überredet, die Geschichte zu bestätigen. Das war alles.

Die Wiederaufnahme des Verfahrens wurde zugelassen, die Freundin gab zu, was die Mädchen damals getan hatten, Holbrecht wurde in der neuen Hauptverhandlung freigesprochen. Den jungen Frauen fiel es nicht leicht auszusagen. Sie entschuldigten sich bei Holbrecht im Gerichtssaal, es war ihm egal. Wir konnten die Presse aus der Sache raushalten. Er wurde für die unschuldig erlittene Haft entschädigt, es waren etwas mehr als 30 000 Euro.

—

Holbrecht kaufte ein kleines Café in Charlottenburg, es gibt dort hausgemachte Schokoladen und guten Kaffee. Er lebt mit einer Italienerin zusammen, die ihn liebt. Manchmal trinke ich dort einen Espresso. Über die Sache sprechen wir nicht.

Anatomie

Er saß im Wagen. Er war kurz eingeschlafen, kein tiefer Schlaf, nur ein traumloses Wegnicken, ein paar Sekunden. Er wartete und trank aus der Schnapsflasche, die er im Supermarkt gekauft hatte. Der Wind trieb Sand gegen den Wagen. Hier war überall Sand, ein paar Zentimeter unter dem Gras. Er kannte das alles, er war hier aufgewachsen. Sie würde irgendwann aus dem Haus kommen und bis zur Bushaltestelle laufen. Vielleicht würde sie wieder ein Kleid tragen, ein leichtes, am liebsten das mit den gelben und grünen Blumen.

Er dachte daran, wie er sie angesprochen hatte. An ihr Gesicht, an ihre Haut unter dem Kleid und daran, wie groß sie war und wie schön. Sie hatte ihn kaum angesehen. Er hatte gefragt, ob sie etwas trinken wolle. Er war nicht sicher, ob sie es verstanden hatte. Sie hatte ihn ausgelacht. »Du bist nicht mein Typ«, hatte sie geschrien, weil die Musik zu laut war. »Leider nicht«, hatte sie noch gesagt. Er hatte mit den Schultern gezuckt, als ob es ihm nichts ausmache. Und gegrinst hatte er. Was hätte er sonst tun sollen. Dann war er zurück zu seinem Tisch gegangen.

Heute würde sie sich nicht über ihn lustig machen. Sie würde tun, was er wollte. Er würde sie besitzen. Er stellte sich vor, wie sie Angst haben würde. Die Tiere, die er getötet hatte, hatten auch Angst gehabt. Er hatte es sehen können. Sie rochen anders, kurz vor ihrem Tod. Je größer sie waren, umso mehr Angst hatten sie. Vögel waren langweilig, Katzen und Hunde waren besser, sie wussten, wenn es ans Sterben ging. Aber Tiere konnten nicht sprechen. Sie würde sprechen. Es würde darauf ankommen, es langsam zu machen, um möglichst viel davon zu haben. Das war das Problem: Es durfte nicht schnell gehen. Wenn er zu aufgeregt war, würde es schieflaufen. So wie bei seiner allerersten Katze, er hatte schon nach der Amputation der Ohren nicht an sich halten können und viel zu früh wahllos auf sie eingestochen.

Das Sezierbesteck war teuer gewesen, aber es war vollständig, inklusive Knochenschere, Schädelspalter, Knorpelmesser und Kopfsonden. Er hatte es im Internet bestellt. Er konnte den Anatomieatlas fast auswendig. Er hatte alles in sein Tagebuch geschrieben, vom ersten Treffen in der Diskothek bis zum heutigen Tag. Er hatte heimlich Fotos von ihr gemacht und ihren Kopf auf Pornobilder geklebt. Er hatte die Linien, die er schneiden wollte, eingezeichnet. Mit schwarzen unterbrochenen Strichen, wie im Anatomieatlas.

Sie trat aus der Tür, er machte sich bereit. Als sie die Gartentür hinter sich schloss, stieg er aus dem Wagen. Das würde der schwierigste Teil werden. Er musste sie zwingen mitzukommen, sie durfte nicht schreien. Er hatte alle Varianten aufgeschrieben. Die Aufzeichnungen, die Bilder der jungen Frau, der getöteten Tiere und Hunderte von Splatterfilmen fand die Polizei später im Keller bei seinen Eltern. Die Beamten hatten das Haus durchsucht, als sie sein Tagebuch und das Sezierbesteck in seinem Auto fanden. Er hatte im Keller auch ein kleines Chemielabor – seine Versuche, Chloroform herzustellen, waren vergeblich gewesen.

Der Mercedes erfasste ihn mit der rechten Seite, als er aus seinem Wagen stieg. Er flog über die Kühlerhaube, prallte mit dem Kopf gegen die Windschutzscheibe und blieb links neben dem Auto liegen. Auf dem Weg ins Krankenhaus starb er. Er war 21 Jahre alt geworden.

Ich verteidigte den Fahrer des Mercedes. Er bekam ein Jahr und sechs Monate auf Bewährung wegen fahrlässiger Tötung.

Der Andere

Paulsberg stand neben seinem Auto. Wie jeden Abend war er auf dem Weg nach Hause abgebogen und hoch auf die kleine Anhöhe zu seiner alten Esche gefahren. Hier hatte er als Kind oft gesessen, im Schatten des Baumes, hatte Figuren aus Holz geschnitzt und die Schule geschwänzt. Er ließ die Fenster herunter, die Tage wurden schon wieder kürzer, die Luft kälter. Es war still. Der einzige Moment des Tages. Das Mobiltelefon war ausgeschaltet. Er konnte von hier aus sein Haus sehen, das Haus, in dem er aufgewachsen war, der Urgroßvater hatte es gebaut. Es war hell erleuchtet, die Bäume im Garten angestrahlt, er sah die Wagen am Weg stehen. In ein paar Minuten würde er dort sein, die Gäste würden bereits warten, er würde sich über all den Unsinn unterhalten müssen, den gesellschaftliches Leben ausmacht.

Paulsberg war jetzt 48. Er besaß in Deutschland und Österreich siebzehn große Ladengeschäfte, teure Bekleidung für Herren. Sein Urgroßvater hatte die Strickwarenfabrik hinten im Tal gegründet, Paulsberg hatte alles über Stoffe und Schnitte schon als Kind gelernt. Er hatte die Fabrik verkauft.

Er dachte an seine Frau. Sie würde alle unterhalten, elegant, schmal, hinreißend. Sie war 36, Anwältin in einer internationalen Kanzlei, schwarzes Kostüm, die Haare offen. Er hatte sie im Flughafen in Zürich kennengelernt. Sie hatten gemeinsam an der Cafébar auf das verspätete Flugzeug gewartet, er hatte sie zum Lachen gebracht. Sie hatten sich verabredet. Zwei Jahre später hatten sie geheiratet, acht Jahre war das her. Die Dinge hätten gut gehen können.

Aber dann war die Sache in der Hotelsauna passiert und hatte alles verändert.

—

Seit ihrer Hochzeit fuhren sie jedes Jahr für ein paar Tage in das Alpenhotel in Oberbayern. Sie mochten diese Entspannung, schlafen, wandern, essen. Das Hotel bekam Auszeichnungen für den »Wellnessbereich«. Es gab Dampfbäder und finnische Saunen, Innen- und Außenpools, Massagen und Fangopackungen. In der Parkgarage standen Mercedes, BMW, Porsche. Man war unter sich.

Paulsberg hatte wie die meisten Männer seines Alters einen Bauchansatz, seine Frau hatte sich besser gehalten. Er war stolz auf sie. Sie saßen in der Dampfsauna. Er beobachtete den jungen Mann, der seine Frau anstarrte, schwarze Haare, ein Südländer, vielleicht Italiener, gut aussehend, glatte Haut, gebräunt, etwa 25. Der Fremde betrachtete seine Frau wie ein schönes Tier. Sie war irritiert. Er lächelte sie an, sie sah zur Seite. Dann stand er auf, sein Penis war halb erigiert, er ging Richtung Ausgang, dann blieb er vor ihr stehen, drehte sich zu ihr, sein Geschlecht vor ihrem Gesicht. Paulsberg wollte gerade eingreifen, als er sich ein Handtuch um die Hüften wickelte und ihm zunickte.

Später auf dem Zimmer machten sie Witze über die Situation. Sie sahen den Fremden beim Abendessen, Paulsbergs Frau lächelte ihn an und wurde rot. Den Rest des Abends sprach das Ehepaar über den Fremden, und nachts stellten sie sich vor, wie es mit ihm wäre. In dieser Nacht schliefen sie seit Langem wieder miteinander. Sie hatten Angst und Lust.

Am nächsten Tag gingen sie wieder zur gleichen Zeit in die Sauna, der Fremde wartete bereits. Sie öffnete ihr Handtuch schon an der Tür, sie ging langsam und nackt an dem Fremden vorbei, sie wusste, was sie tat, und sie wollte, dass er es wusste. Er stand auf und stellte sich wieder vor sie. Sie saß auf der Bank. Sie sah erst ihn an, dann Paulsberg. Paulsberg nickte langsam, er sagte laut: »Ja.« Sie nahm den Penis des Fremden in die Hand. Paulsberg sah im Dampf der Sauna die rhythmische Bewegung ihres Armes, er sah den Rücken des jungen Mannes vor seiner Frau, er glänzte oliv und feucht. Niemand sprach, er hörte den Fremden keuchen, der Arm seiner Frau wurde langsamer. Dann drehte sie sich zu Paulsberg, sie zeigte ihm das Sperma des Fremden auf ihrem Gesicht und ihrem Körper. Der Fremde nahm sein Handtuch, er verließ wortlos die Sauna. Sie blieben zurück in der Hitze.

—

Sie probierten es zuerst in öffentlichen Saunen, dann in Swingerclubs, und am Ende schalteten sie Anzeigen im Internet. Sie stellten Regeln auf: keine Gewalt, keine Liebe, kein Treffen zu Hause. Sie wollten alles abbrechen, wenn einer von beiden sich nicht wohlfühlen würde. Sie brachen nie etwas ab. Am Anfang schrieb er die Anzeigen, dann übernahm sie es, sie stellten maskierte Fotos auf die Webseiten. Nach vier Jahren kannten sie sich aus. Sie hatten ein Hotel auf dem Land gefunden, das diskret war. Sie trafen sich dort an den Wochenenden mit Männern, die ihnen auf ihre Annoncen geantwortet hatten. Er sagte, er stelle seine Frau zur Verfügung. Sie glaubten, es sei ein Spiel, aber nach den vielen Treffen war es kein Spiel mehr, es war ein Teil von ihnen geworden. Seine Frau war immer noch Anwältin, sie war immer noch strahlend und unnahbar, aber an den Wochenenden wurde sie zum Objekt, das andere benutzten. Sie wollten es so. Es war einfach da gewesen, es gab keine Erklärung.

—

Der Name in der E-Mail hatte ihm nichts gesagt, auch das Foto konnte er niemandem zuordnen, er sah die Bilder, die die Männer schickten, längst nicht mehr an. Seine Frau hatte dem Mann zurückgeschrieben, nun stand er vor ihnen in der Hotelhalle: Paulsberg kannte ihn aus der Schule, flüchtig, 35 Jahre war das her. Sie hatten dort nichts miteinander zu tun gehabt, er war in der Parallelklasse. Sie setzten sich auf die Barhocker der Lobby im Hotel und erzählten sich die Dinge, die sich Schulfreunde immer erzählen, sie sprachen von alten Lehrern, von Freunden, die sie gemeinsam kannten und versuchten die Situation zu vergessen. Es wurde trotzdem nicht besser. Der Andere bestellte Whisky statt Bier, er sprach zu laut. Paulsberg kannte die Firma, für die er arbeitete, er war in der gleichen Branche. Sie aßen zu dritt zu Abend, der Andere trank zu viel. Er flirtete mit Paulsbergs Frau, er sagte, sie sei schön und jung, Paulsberg sei zu beneiden, und er trank weiter. Paulsberg wollte gehen. Sie begann, über Sex zu sprechen, über die Männer, die ihr Bilder schickten, die sie trafen. Irgendwann legte sie ihre Hand auf die Hand des Anderen. Sie gingen in das Zimmer, das sie immer buchten.

Als der Andere mit seiner Frau schlief, saß Paulsberg auf dem Sofa. Er sah sich das Bild über dem Bett an: Eine junge Frau steht am Meer, der Künstler hatte sie von hinten gemalt, sie trägt einen blau-weißen Badeanzug wie in den Zwanzigerjahren. »Sie muss schön sein«, dachte er. Irgendwann würde sie sich umdrehen, den Maler anlächeln und mit ihm nach Hause gehen. Paulsberg dachte daran, dass sie jetzt seit acht Jahren verheiratet waren.

Als sie später alleine im Wagen saßen, schwiegen beide, sie sah aus dem Beifahrerfenster ins Dunkle, bis sie zu Hause waren. Nachts ging er in die Küche, um ein Glas Wasser zu trinken, und als er zurückkam, sah er auf ihrem Nachttisch das Display ihres Telefons leuchten.

Sie nahm längst Prozac, ein Antidepressivum. Sie glaubte davon abhängig zu sein, sie verließ nie das Haus ohne die weiß-grüne Packung. Sie wusste nicht, warum sie die Männer befriedigte. Manchmal nachts, wenn es im Haus still geworden war, wenn Paulsberg schlief und sie die hellgrünen Ziffern ihres Weckers nicht mehr ertragen konnte, zog sie sich an und ging in den Garten. Sie legte sich auf einen der Liegestühle am Pool, sie sah in den Himmel, sie wartete auf das Gefühl, das sie kannte, seit ihr Vater gestorben war. Sie konnte es kaum ertragen. Es gab Milliarden von Sonnensystemen in dieser Milchstraße und Milliarden solcher Milchstraßen. Dazwischen war es kalt und leer. Sie hatte die Kontrolle verloren.

—

Paulsberg hatte den Anderen längst wieder vergessen. Er war auf der Jahreskonferenz des Verbandes, die jedes Jahr in Köln stattfand. Er stand im Frühstückssaal am Büfett. Der Andere rief seinen Namen. Paulsberg drehte sich um.

Plötzlich bewegte sich die Welt langsamer, sie wurde zähflüssig. Später konnte er sich an jedes Bild erinnern, an die Butter, die in Eiswasser schwamm, an die bunten Joghurtbecher, die roten Servietten und die Wurstscheiben auf dem weißen Hotelporzellan. Paulsberg dachte, der Andere sehe wie einer dieser blinden Lurche aus. Er hatte sie als Kind in den lichtlosen Höhlen in Jugoslawien gesehen. Damals hatte er einen gefangen, er hatte ihn den ganzen Weg zum Hotel in der Hand gehalten, er wollte ihn seiner Mutter zeigen. Als er die Hand geöffnet hatte, war er tot gewesen. Der Kopf des Anderen war kahl rasiert, wässrige Augen, dünne Brauen, wulstige Lippen, fast blau. Sie hatten seine Frau geküsst. Die Zunge des Anderen bewegte sich in Zeitlupe, sie stieß an die Innenseite der Vorderzähne, als er seinen Namen sagte. Paulsberg sah die farblosen Speichelfäden, die Poren auf seiner Zunge, die langen dünnen Nasenhaare, den Kehlkopf, der von innen hart gegen die gerötete Haut drückte. Paulsberg verstand nicht, was der Andere sagte. Er sah das Mädchen im blau-weißen Badeanzug von dem Hotelbild, sie drehte sich zu ihm um, sie lächelte, dann zeigte sie auf den dünnen Mann, der über seiner Frau kniete. Paulsberg spürte, wie sein Herzschlag aussetzte, er stellte sich vor, wie er umfallen und die Tischdecken herunterreißen würde. Er sah sich tot zwischen den Orangenscheiben, den Weißwürsten und dem Frischkäse liegen. Aber er fiel nicht. Es war nur ein Moment. Er nickte dem Anderen zu.

—

Auf der Konferenz des Verbandes wurden die üblichen Reden gehalten. Sie sahen sich Präsentationen an, es gab Filterkaffee aus silbernen Thermoskannen. Nach ein paar Stunden hörte keiner mehr zu. Es war nichts Besonderes.

Am Nachmittag kam der Andere in sein Zimmer. Sie tranken das Bier, das er mitgebracht hatte. Er hatte auch Kokain dabei und bot Paulsberg eine Linie an, er schüttete das Pulver auf den Glastisch und zog es sich durch einen gerollten Geldschein in die Nase. Als er ins Bad wollte, um sich die Hände zu waschen, folgte Paulsberg ihm. Der Andere stand vor dem Waschbecken, er hatte sich runtergebeugt, um sich das Gesicht zu waschen. Paulsberg sah die Ohren des Anderen, er sah den vergilbten Rand des weißen Hemdkragens.

Er konnte nicht anders.

Jetzt saß Paulsberg auf dem Bett. Das Hotelzimmer war wie die tausend anderen, in denen er geschlafen hatte. Zwei Schokoladenriegel in der braunen Minibar, eingeschweißte Erdnüsse, der gelbe Flaschenöffner aus Plastik. Der Geruch nach Desinfektionsmitteln, flüssige Seife im Bad und das Schild auf den Kacheln, dass es der Umwelt helfe, wenn man die Handtücher mehrmals benutze.

Er schloss die Augen und dachte an das Pferd. Am Morgen war er über die Brücke gegangen, weiter über die Steintreppe zu den Rheinauen in den Frühnebel, der vom Fluss hochkam. Und plötzlich hatte es vor ihm gestanden, dampfend, die Nüstern hellrot und weich.

Irgendwann würde er sie anrufen müssen. Sie würde ihn fragen, wann er zurückkomme. Sie würde von ihrem Tag erzählen, von den Leuten in der Kanzlei, der Putzfrau, die die Mülltonnen zu laut zuschlage, und all den anderen Dingen, die ihr Leben ausmachten. Er würde nicht über den Anderen sprechen. Und dann würden sie auflegen und versuchen weiterzuleben.

Paulsberg hörte den Anderen im Bad stöhnen. Er warf die Zigarette in ein halb volles Wasserglas, nahm seine Reisetasche, verließ das Zimmer. Als er an der Rezeption die Rechnung bezahlte, sagte er, es sei besser, oben schnell aufzuräumen. Das Mädchen hinter dem Tresen sah ihn an, aber er sagte sonst nichts.

Sie fanden den Anderen zwanzig Minuten später. Er überlebte.

—

Paulsberg hatte es mit dem Aschenbecher aus dem Zimmer gemacht. Er war aus dunklem Rauchglas, Siebzigerjahre, schwer und dick. Der Gerichtsmediziner nannte es später stumpfe Gewalteinwirkung, die Ränder der Einschlagstellen waren nicht scharf abzugrenzen. Der Aschenbecher passte als Tatwerkzeug.

Paulsberg hatte die Löcher im Kopf des Anderen gesehen, aus ihnen war Blut gequollen, heller, als er es erwartet hatte. »Er stirbt nicht«, hatte Paulsberg gedacht, während er weiter die Schädeldecke zerschlagen hatte, »er blutet, aber er stirbt nicht.« Am Ende hatte Paulsberg den Anderen zwischen Badewanne und Toilette eingeklemmt, seinen Kopf hatte er mit dem Gesicht auf den Toilettendeckel gelegt. Paulsberg hatte ein letztes Mal zuschlagen wollen. Er hatte ausgeholt. Die Haare des Anderen waren verklumpt gewesen, sie hatten im Blut hart ausgesehen, schwarze Drahtstifte auf der hellen Kopfhaut. Plötzlich hatte Paulsberg an seine Frau denken müssen. Wie sie sich das erste Mal verabschiedet hatten, im Januar vor zehn Jahren, Himmel aus Eis, sie hatten auf der Straße vor dem Flughafen gestanden und gefroren. Er hatte an ihre dünnen Schuhe im Schneematsch gedacht, an den blauen Mantel mit den großen Knöpfen, sie hatte den Kragen hochgeklappt, sich mit einer Hand das Revers zugehalten, sie hatte gelacht, sie war einsam gewesen und schön und verletzt. Als sie ins Taxi gestiegen war, hatte er gewusst, dass sie zu ihm gehörte.

Paulsberg hatte den Aschenbecher auf den Boden gestellt, die Beamten fanden ihn später zwischen den roten Schlieren auf den Kacheln. Der Andere hatte noch leise geröchelt, als er ging. Paulsberg hatte nicht mehr töten wollen.

—

Die Hauptverhandlung begann fünf Monate später. Paulsberg war wegen versuchten Mordes angeklagt. Er habe versucht, den Anderen von hinten zu erschlagen, sagte der Staatsanwalt. In der Anklageschrift stand, es sei um Kokain gegangen. Der Staatsanwalt konnte es nicht besser wissen.

Paulsberg nannte keinen Grund für die Tat, er sprach nicht über den Anderen. »Rufen Sie meine Frau an«, war das Einzige, was er den Polizisten nach seiner Festnahme gesagt hatte, mehr gab es nicht. Die Richter suchten das Motiv. Niemand erschlägt einfach einen anderen in seinem Hotelzimmer, der Staatsanwalt hatte keine Verbindung zwischen den Männern finden können. Der Psychiater hatte gesagt, Paulsberg sei »völlig normal«, in seinem Blut wurden keine Drogen gefunden, niemand glaubte, er habe aus Mordlust getötet.

Der Einzige, der Aufschluss hätte geben können, war der Andere. Aber auch er schwieg. Die Richter konnten ihn nicht zwingen auszusagen. Die Polizei hatte in seiner Tasche und auf dem Glastisch Kokain gefunden, es lief ein Ermittlungsverfahren gegen ihn, und das erlaubte ihm zu schweigen – er hätte sich mit einer Aussage selbst belasten können.

Natürlich müssen Richter das Motiv eines Angeklagten nicht kennen, um ihn verurteilen zu können. Aber sie wollen wissen, warum Menschen tun, was sie tun. Und nur wenn sie es verstehen, können sie den Angeklagten nach seiner Schuld bestrafen. Verstehen sie es nicht, fällt die Strafe fast immer höher aus.

Die Richter wussten nicht, dass Paulsberg seine Frau schützen wollte. Sie war Anwältin, er hatte ein Verbrechen begangen. Ihre Kanzlei hatte sie noch nicht entlassen: Niemand kann etwas für einen verrückten Ehemann. Aber die Partneranwälte würden die Wahrheit, sie würden die fremden Männer nicht akzeptieren können, und sie hätte in der Kanzlei so nicht weiterarbeiten können. Paulsberg überließ die Entscheidung seiner Frau. Sie sollte tun, was sie für richtig hielt.

Sie erschien ohne Zeugenbeistand. Sie wirkte zerbrechlich, zu filigran für Paulsberg. Der Vorsitzende belehrte sie. Niemand glaubte, es könne in diesem Prozess noch etwas passieren. Aber als sie zu reden begann, änderte sich alles.

In fast jedem Schwurgerichtsprozess gibt es diesen einen Moment, in dem plötzlich alles klar wird. Ich dachte, sie würde über die fremden Männer sprechen. Aber sie erzählte eine andere Geschichte. Sie sprach 45 Minuten ohne jede Unterbrechung, sie war klar, eindeutig und ohne Widersprüche. Sie sagte, sie habe eine Affäre mit dem Anderen gehabt, Paulsberg habe das herausbekommen. Er habe sich von ihr trennen wollen. Er sei verrückt vor Eifersucht gewesen. Es sei ihre Schuld, nicht seine. Sie sagte, ihr Mann habe den Film gefunden, den sie und ihr Liebhaber gemacht hätten. Sie übergab dem Gerichtsdiener eine DVD. Paulsberg und sie hatten oft solche Filme gemacht, dieser stammte von dem Treffen mit dem Anderen, die Videokamera hatte auf einem Stativ neben dem Bett gestanden. Die Öffentlichkeit wurde ausgeschlossen, wir mussten ihn ansehen. Auf unzähligen Seiten im Internet findet man solche Filme. Es gab keinen Zweifel, der Andere war der Mann, der mit ihr geschlafen hatte. Der Staatsanwalt beobachtete Paulsberg während der Vorführung. Er blieb ruhig.

Der Staatsanwalt hatte noch einen weiteren Fehler gemacht. Unser Strafgesetz ist über 130 Jahre alt. Es ist ein kluges Gesetz. Manchmal laufen die Dinge nicht so, wie der Täter es will. Sein Revolver ist geladen, er hat fünf Schuss. Er geht auf sie zu, er schießt, er will sie töten. Viermal verfehlt er sein Ziel, nur ein Streifschuss trifft sie am Arm. Dann steht er direkt vor ihr. Er stößt den Lauf des Revolvers gegen ihren Bauch, er spannt den Hahn, er sieht das Blut ihren Arm herunterlaufen, er sieht ihre Angst. Vielleicht denkt er jetzt noch einmal nach. Ein schlechtes Gesetz würde den Mann wegen Tötungsversuchs verurteilen, ein kluges Gesetz will die Frau retten. Unser Strafgesetzbuch sagt, er kann von seinem Versuch zu töten straffrei zurücktreten. Das heißt: Wenn er jetzt aufhört, wenn er sie nicht tötet, wird er nur wegen einer gefährlichen Körperverletzung bestraft – nicht aber wegen Mordversuchs. Es liegt also an ihm, das Gesetz wird ihn freundlich behandeln, wenn er jetzt noch das Richtige tut, wenn er sein Opfer am Leben lässt. Die Professoren nennen das »goldene Brücke«. Ich mochte diesen Ausdruck nie, die Dinge sind zu schwierig, die dabei in einem Menschen vorgehen, und eine goldene Brücke passt besser in einen chinesischen Garten. Aber die Idee des Gesetzes ist richtig.

Paulsberg hatte aufgehört, den Kopf des Anderen zu zerschlagen. Er wollte ihn am Ende nicht mehr töten. Damit trat er von dem Mordversuch zurück, die Richter konnten ihn nur wegen gefährlicher Körperverletzung verurteilen.

Das Gericht konnte weder die Einlassung Paulsbergs noch die Aussage seiner Frau und damit sein Motiv widerlegen. Die Schwurgerichtskammer verurteilte ihn zu drei Jahren und sechs Monaten.

Seine Frau besuchte ihn regelmäßig im Gefängnis, dann wurde er in den offenen Vollzug verlegt. Zwei Jahre nach dem Prozess wurde die restliche Strafe zur Bewährung ausgesetzt. Sie kündigte ihre Stelle in der Kanzlei, und sie zogen in ihre Heimatstadt nach Schleswig-Holstein. Sie eröffnete dort eine kleine Anwaltspraxis. Er hatte seine Läden und das Haus verkauft und begann zu fotografieren. Vor Kurzem hatte er in Berlin seine erste Ausstellung: Alle Fotos zeigten eine nackte Frau ohne Gesicht.

Der Koffer

Die Polizeimeisterin stand auf einem Parkplatz am Berliner Autobahnring und fror. Sie war zusammen mit ihrem Kollegen an letzter Position in einer Routinekontrolle, ein langweiliger Job, und sie wäre lieber einer der Autofahrer gewesen, die im Warmen saßen und das Fenster nur einen Spalt öffnen mussten. Es waren minus neun Grad, in der verharschten Schneedecke standen nur ein paar erfrorene Gräser, die feuchte Kälte kroch durch die Uniform in die Knochen. Sie wäre gerne vorne gewesen und hätte die Autos ausgewählt, die kontrolliert wurden, aber das machten die Älteren. Sie hatte sich erst vor zwei Monaten von Köln nach Berlin versetzen lassen. Jetzt sehnte sie sich nach ihrer Badewanne. Die

Kälte war einfach nichts für sie, in Köln war es nie so kalt.

Das nächste Fahrzeug war ein Opel Omega, silbergrau, polnisches Kennzeichen. Der Wagen wirkte gepflegt, keine Beulen, alle Lichter in Ordnung. Der Fahrer betätigte den Fensterheber und reichte Führerschein und Wagenpapiere heraus. Es schien alles ganz normal, er roch nicht nach Alkohol, er lächelte freundlich. Die Polizistin wusste nicht, weshalb, aber sie hatte ein komisches Gefühl. Während sie die Papiere las, versuchte sie darauf zu kommen. In ihrer Ausbildung hatte sie gelernt, ihren Instinkten zu vertrauen, aber sie musste auch eine logische Erklärung für sie finden.

Es war ein Leihwagen einer internationalen Firma, der Mietvertrag lief auf den Fahrer, alle Papiere waren vorhanden. Und dann wurde ihr klar, was sie irritierte: Der Wagen war leer. Nichts lag in dem Auto, kein zerknülltes Kaugummipapier, keine Zeitschriften, kein Koffer, keine Feuerzeuge, keine Handschuhe, gar nichts. Der Wagen war so vollkommen leer, als wäre er eben vom Werk ausgeliefert worden. Der Fahrer konnte kein Deutsch. Sie winkte einen Kollegen heran, der etwas Polnisch sprach. Sie ließen den Mann aussteigen, er lächelte noch immer. Sie baten ihn, den Kofferraum zu öffnen, der Fahrer nickte und betätigte den Knopf. Auch hier war alles fast steril sauber, und nur in der Mitte lag ein Aktenkoffer aus rotem Lederimitat. Die Polizistin zeigte darauf und machte ein Zeichen, dass der Mann ihn öffnen solle. Der zuckte mit den Schultern und schüttelte den Kopf. Sie beugte sich vor und sah sich die Schlösser an. Es waren einfache Zahlenschlösser, die auf Null gestellt waren, sie ließen sich sofort öffnen. Sie klappte den Deckel des Koffers hoch. Sie schreckte so heftig zurück, dass sie mit ihrem Hinterkopf gegen die Fahrzeugklappe prallte. Sie schaffte es noch, sich zur Seite zu drehen, dann erbrach sie sich auf die Straße. Der Kollege, der den Inhalt des Koffers nicht gesehen hatte, zog seine Waffe und schrie den Fahrer an, er solle seine Hände auf das Wagendach legen. Andere Polizisten rannten zu ihnen, der Fahrer wurde überwältigt. Die Polizistin war bleich, Erbrochenes klebte in ihren Mundwinkeln. Sie sagte: »O mein Gott«, und dann übergab sie sich ein weiteres Mal.

—

Die Polizisten brachten den Mann in die Keithstraße, dort ist die Abteilung »Delikte am Menschen«. Der rote Aktenkoffer wurde an das Rechtsmedizinische Institut geschickt. Obwohl es Samstag war, war Lanninger, der Chef der Gerichtsmedizin, gerufen worden. Im Koffer waren achtzehn Farbfotokopien von Leichen, vermutlich Ausdrucke von einem Laserkopierer. Sie hatten alle einen ähnlichen Gesichtsausdruck, die Münder weit aufgerissen, die Augäpfel hervorgequollen. Menschen sterben, und Gerichtsmediziner beschäftigen sich damit, es ist ihr Beruf. Aber die Bilder waren selbst für Mitarbeiter des Instituts ungewöhnlich: Die Toten, elf Männer und sieben Frauen, lagen alle in derselben verdrehten Haltung auf dem Rücken, als sie fotografiert wurden, und sie sahen sich merkwürdig ähnlich: Sie waren nackt, und aus ihrem Bauch ragte die grobe Spitze eines hölzernen Pfahls.

—

»Jan Bathowiz« stand in dem polnischen Pass. Als er eingeliefert wurde, wollten sie ihn sofort vernehmen, der Polizeidolmetscher stand bereit. Bathowiz war höflich, fast devot, aber er wiederholte immer wieder, er wolle zuerst seine Botschaft anrufen. Das war sein Recht, und schließlich gestattete man ihm diesen Anruf. Er sagte seinen Namen, und die Rechtsabteilung der Botschaft riet ihm zu schweigen, bis ein Anwalt käme. Auch das war sein Recht, und Bathowiz machte von seinem Recht Gebrauch.

Kriminalhauptkommissar Pätzold konnte den Beschuldigten bis zum Ablauf des nächsten Tages festhalten, und das wollte er auch. Also wurde er in die Gefangenensammelstelle gebracht und in eine Zelle eingeschlossen. Man nahm ihm, wie jedem Gefangenen, die Schnürsenkel und den Gürtel ab, damit er sich nicht erhängt. Als ich am nächsten Tag um zwei Uhr mittags eintraf, konnte die Vernehmung beginnen. Ich riet Bathowiz ab, sich vernehmen zu lassen. Er wollte trotzdem aussagen.

»Sie heißen?« Kriminalkommissar Pätzold sah gelangweilt aus, aber er war hellwach. Der Dolmetscher übersetzte jede Frage und jede Antwort.

»Jan Bathowiz.«

Pätzold ging die Personalien durch, er hatte den Pass prüfen lassen, er schien echt zu sein. Seit gestern lief eine Anfrage an die polnischen Behörden, ob gegen Bathowiz etwas vorlag. Aber wie immer dauerten solche Anfragen ewig.

»Herr Bathowiz, Sie wissen, weshalb Sie hier sind.«

»Ihre Polizisten haben mich hergebracht.«

»Ja. Wissen Sie, wieso?«

»Nein.«

»Woher haben Sie die Fotos?«

»Welche Fotos?«

»Wir haben in Ihrem Aktenkoffer achtzehn Fotos gefunden.«

»Das ist nicht mein Aktenkoffer.«

»Aha. Wem gehört der Aktenkoffer denn?«

»Einem Geschäftsmann aus Witoslaw, meiner Heimatstadt.«

»Wie heißt der Geschäftsmann?«

»Das weiß ich nicht. Er hat mir die Aktentasche gegeben und gesagt, ich solle sie nach Berlin bringen.«

»Sie müssen doch wissen, wie er heißt.«

»Nein, ich musste das nicht wissen.«

»Warum?«

»Ich traf ihn in einer Bar. Er hat mich dort angesprochen, er bezahlte sofort und in bar.«

»Wussten Sie, was auf den Fotos ist?«

»Nein, den Aktenkoffer habe ich verschlossen bekommen. Ich habe keine Ahnung.«

»Sie haben nicht reingesehen?«

»Er war zu.«

»Das Schloss war doch offen. Sie hätten reinsehen können.«

»So etwas mache ich nicht«, sagte Bathowiz.

»Herr Pätzold«, sagte ich, »was wird dem Mandanten eigentlich vorgeworfen?«

Pätzold sah mich an. Das war der Punkt, er wusste es natürlich.

»Wir haben die Bilder untersuchen lassen. Professor Lanninger sagt, die Leichen seien sehr wahrscheinlich echt.«

»Ja?«, sagte ich.

»Was meinen Sie mit *Ja*? Ihr Mandant hatte Fotos von Leichen in seiner Aktentasche. Von gepfählten Leichen.«

»Ich habe immer noch nicht verstanden, was der Vorwurf ist. Transportieren von Leichenfotos aus einem Farbdrucker? Lanninger ist kein Experte für Photoshop, und *sehr wahrscheinlich* heißt nicht *sicher*. Und selbst wenn es echte Leichen gewesen sein sollten, ist es nicht verboten, Bilder von ihnen zu haben. Es gibt schlicht keinen Straftatbestand.«

Pätzold wusste, dass ich recht hatte. Ich konnte ihn trotzdem verstehen.

Wir hätten in diesem Moment gehen können. Ich stand auf und nahm meine Aktentasche. Aber dann tat mein Mandant etwas, was ich nicht verstand. Er legte mir eine Hand auf den Unterarm und sagte, der Kommissar solle ruhig fragen. Ich wollte eine Unterbrechung, aber Bathowiz schüttelte den Kopf. Er sagte: »Lassen Sie ruhig.«

Pätzold fragte weiter: »Von wem ist der Aktenkoffer?«

Bathowiz: »Von dem Mann in der Bar.«

»Was sollten Sie damit machen?«

»Das habe ich schon gesagt: Ich sollte ihn nach Berlin bringen.«

»Hat der Mann Ihnen gesagt, was in dem Koffer ist?«

»Ja, hat er.«

»Was?«

»Er sagte, es seien Baupläne für ein großes Projekt. Es ginge um viel Geld.«

»Baupläne?«

»Ja.«

»Warum hat er die Pläne nicht mit Kurier geschickt?«

»Das habe ich auch gefragt. Er sagte, er traue den Kurieren nicht.«

»Wieso?«

»Er hat gesagt, die Kuriere in Polen würden immer für zwei Seiten arbeiten. Es sei ihm lieber, wenn ein Fremder, der niemanden kennt, die Sachen fährt.«

»Wo sollten Sie die Bilder hinbringen?«

Bathowiz zögerte keine Sekunde. Er sagte: »Nach Kreuzberg.«

Pätzold nickte, er schien am Ziel: »Zu wem nach Kreuzberg. Wie heißt er?«

Ich verstehe kein Polnisch, aber ich verstand den Tonfall von Bathowiz. Er war ganz ruhig. »Ich weiß nicht. Ich sollte am Montag um 17:00 Uhr in eine Telefonzelle gehen.«

»Wie bitte?«

»Mehringdamm, Yorkstraße.« Diese Worte sagte er auf Deutsch. Dann wieder auf Polnisch: »Dort soll eine Telefonzelle sein. Ich soll morgen um fünf Uhr nachmittags dort sein, dann kommt dort der Anruf an, und ich werde alles Weitere erfahren.«

Pätzold fragte noch eine weitere Stunde. Die Geschichte veränderte sich nicht. Bathowiz blieb weiter freundlich, er beantwortete jede Frage höflich, nichts brachte ihn aus der Ruhe. Pätzold konnte seine Angaben nicht widerlegen.

Bathowiz wurde erkennungsdienstlich behandelt. Der Computer wusste nichts über ihn. Die Anfrage aus Polen kam zurück, es schien alles in

Ordnung. Pätzold musste Bathowiz entlassen oder ihn dem Richter vorführen. Der Staatsanwalt lehnte es ab, einen Haftbefehl zu beantragen, Pätzold blieb keine Wahl. Er fragte Bathowiz, ob er der Polizei die Aktentasche überlassen würde. Bathowiz zuckte mit den Schultern, er wollte nur eine Quittung dafür. Um 19:00 Uhr durfte er das Polizeirevier verlassen, auf den Stufen des alten Gebäudes verabschiedete er sich von mir. Er ging zu seinem Wagen und verschwand.

—

Zwanzig Polizisten postierten sich am nächsten Tag in der Nähe der Telefonzelle, die Streifenwagen in der Nähe waren alarmiert. Ein Zivilbeamter polnischer Abstammung, der in etwa die Statur von Bathowiz hatte und ähnliche Kleidung trug, stand mit dem roten Aktenkoffer um 17:00 Uhr in der Telefonzelle. Ein Richter hatte die Überwachung der Leitung genehmigt. Das Telefon klingelte nicht.

—

Ein Jogger fand den Toten am Dienstag Morgen auf einem Waldparkplatz. Das Kaliber 6,35 mm Browning hatte nur kleine Löcher hinterlassen, kreisrund mit kaum einem halben Zentimeter Durchmesser. Es war eine Hinrichtung. Pätzold konnte nur eine neue Akte anlegen und die polnischen Kollegen informieren. Die Leichensache Bathowiz wurde nie aufgeklärt.

Verlangen

Sie hatte den Stuhl vor das Fenster gestellt, sie trank gerne den Tee dort. Von hier aus konnte sie auf den Spielplatz sehen. Ein Mädchen schlug ein Rad, zwei Jungs sahen ihr zu. Das Mädchen war ein bisschen älter als die Jungs. Als sie hinfiel, begann sie zu weinen. Sie rannte zu ihrer Mutter und zeigte ihr den aufgeschürften Ellbogen. Die Mutter hatte eine Wasserflasche und ein Taschentuch dabei, sie tupfte die Wunde sauber. Das Mädchen sah zu den Jungs, während sie zwischen den Beinen ihrer Mutter stand und ihr den Arm hinhielt. Es war Sonntag. Er würde in einer Stunde mit den Kindern zurückkommen. Sie würde den Kaffeetisch decken, Freunde waren zum Besuch angemeldet. Es war still in der

Wohnung. Sie starrte weiter auf den Spielplatz, ohne zu sehen, was dort passierte.

Es ging ihnen gut. Sie machte alles, wie sie es immer gemacht hatte. Die Gespräche mit ihrem Mann über die Arbeit, die Einkäufe im Supermarkt, die Tennisstunden für die Kinder, Weihnachten bei den Eltern oder Schwiegereltern. Sie sagte die gleichen Sätze, die sie immer sagte, sie trug die gleichen Sachen, die sie immer trug. Sie ging mit ihren Freundinnen Schuhe kaufen und einmal im Monat ins Kino, wenn es der Babysitter zuließ. Sie hielt sich über Ausstellungen und Theaterinszenierungen auf dem Laufenden. Sie sah Nachrichten, las den Politikteil der Tageszeitung, kümmerte sich um die Kinder, ging zu den Elternsprechtagen. Sie machte keinen Sport, aber hatte trotzdem nicht zugenommen.

Ihr Mann passte zu ihr, das hatte sie immer geglaubt. Er konnte nichts dafür. Niemand konnte etwas dafür. Es war einfach passiert. Sie hatte nichts dagegen tun können. Sie erinnerte sich an jede Einzelheit des Abends, an dem alles klar wurde.

»Bist du krank?«, hatte er gesagt. »Du siehst bleich aus.«

»Nein.«

»Was hast du?«

»Nichts, Liebling, ich gehe jetzt ins Bett. Es war ein langer Tag.«

Viel später, als sie im Bett gelegen hatten, hatte sie plötzlich nicht mehr atmen können. Sie hatte bis zum Morgen wach gelegen, steif vor Angst und Schuld, Krampf in den Oberschenkeln. Sie hatte es nicht gewollt, aber es war nicht mehr verschwunden. Und als sie den Kindern am nächsten Morgen Frühstück gemacht und ihre Schulranzen kontrolliert hatte, hatte sie gewusst, ihr Gefühl würde nie wieder anders sein: Alles in ihr war leer. Sie würde damit weiterleben müssen.

Das war vor zwei Jahren gewesen. Sie lebten immer noch zusammen, er sah es ihr nicht an, niemand sah es ihr an. Sie schliefen selten miteinander, und wenn sie es taten, war sie freundlich mit ihm.

Allmählich verschwand alles, bis sie nur noch eine Hülle war. Die Welt wurde ihr fremd, sie gehörte nicht mehr dazu. Die Kinder lachten, ihr Mann regte sich auf, ihre Freunde diskutierten – nichts berührte sie. Sie war ernst, lachte, weinte, tröstete – alles wie immer und je nach Bedarf. Aber wenn es still wurde, wenn sie anderen Menschen im Café und in der Straßenbahn zusah, dachte sie, es ginge sie nichts mehr an.

Irgendwann begann sie damit. Sie stand eine halbe Stunde vor dem Regal mit den Strümpfen, ging weg, kam zurück. Dann griff sie zu, Größe und Farbe egal. Sie stopfte die Packung unter den Mantel, zu hastig, die Strümpfe rutschten zu Boden, sie bückte sich, dann los. Ihr Herz raste, Puls im Hals, Flecken auf den Händen. Ihr ganzer Körper war nass. Sie spürte die Beine nicht, zitterte, weitergehen, an der Kasse vorbei, einer rempelte sie an. Dann eiskalte Abendluft, Regen. Das Adrenalin überschwemmte sie, sie wollte schreien. Zwei Ecken weiter warf sie die Strümpfe in einen Mülleimer. Sie zog die Schuhe aus, rannte durch den Regen bis nach Hause. Vor ihrer Tür sah sie in den Himmel, das Wasser klatschte auf ihre Stirn, auf ihre Augen, auf ihren Mund. Sie lebte.

Sie stahl immer nur überflüssige Dinge. Und sie stahl nur, wenn sie alles andere nicht mehr aushielt. Es würde nicht immer gut gehen, das wusste sie. Ihr Mann würde sagen, das läge in der Natur der Sache. Er sagte immer solche Sätze. Er hatte recht. Als der Detektiv sie anhielt, gestand sie alles sofort, noch auf der Straße. Passanten blieben stehen, sahen sie an, ein Kind zeigte auf sie und sagte: »Die Frau hat gestohlen.« Der Detektiv hielt sie fest, ihren Arm umklammert. Er brachte sie in sein Büro und schrieb für die Polizei eine Anzeige: Name, Anschrift, Personalausweisnummer, Tathergang, Warenwert: 12,99 Euro, Feld zum Ankreuzen: »zugegeben: Ja / Nein«. Er trug ein kariertes Hemd und roch nach Schweiß. Sie war die Frau mit der Louis-Vuitton-Handtasche und dem Gucci-Portemonnaie, mit Kreditkarten und 845,36 Euro in bar. Er zeigte ihr, wo sie unterschreiben solle. Sie las den Bogen durch und überlegte einen Moment, ob sie seine Rechtschreibfehler korrigieren sollte, wie sie das bei ihren Kindern tat. Er sagte, sie bekomme Post von der Polizei, und grinste sie an. Auf dem Tisch lagen die Reste eines Wurstbrötchens. Sie dachte an ihren Mann, sie sah einen Prozess vor sich, einen Richter, der sie befragte. Der Detektiv brachte sie durch einen Seiteneingang nach draußen.

Die Polizei forderte sie zur schriftlichen Stellungnahme auf. Sie kam mit dem Schreiben in meine Kanzlei, es war schnell erledigt. Es war das erste Mal, der Wert war gering, sie war nicht vorbestraft. Der Staatsanwalt stellte das Verfahren ein. Niemand in der Familie erfuhr von der Sache.

Die Dinge beruhigten sich, wie sich alles in ihrem Leben beruhigt hatte.

Schnee

Der alte Mann stand in der Küche und rauchte. Es war warm an diesem Tag im August, er hatte die Fenster weit geöffnet. Er sah sich den Aschenbecher an: nackte Meerjungfrau mit grünem Fischschwanz, darunter in Schreibschrift »Willkommen auf der Reeperbahn«. Er wusste nicht, woher er ihn hatte. Die Farbe des Mädchens war verblasst, das »R« von »Reeperbahn« war verschwunden. Die Wassertropfen klatschten in die Metallspüle, langsam und hart. Es beruhigte ihn. Er würde immer weiter am Fenster stehen und rauchen und nichts tun.

Vor dem Haus hatte sich das Spezialeinsatzkommando gesammelt. Die Polizisten trugen Uniformen, die zu groß aussahen, schwarze Helme und durchsichtige Schilde. Sie wurden eingesetzt, wenn es für die anderen zu schwierig wurde, wenn Waffen und Widerstand erwartet wurden. Es waren harte Männer mit einem harten Kodex. Es hatte auch auf ihrer Seite Tote und Verletzte bei ihren Einsätzen gegeben, das Adrenalin staute sich in ihnen. Sie hatten ihren Einsatzbefehl: »Drogenwohnung, Verdächtige vermutlich bewaffnet, Festnahme.« Sie standen jetzt lautlos neben den Mülltonnen im Hof, sie warteten im Treppenhaus und vor der Wohnung, es war zu heiß unter ihren Helmen und Sturmmasken. Sie warteten auf das Wort des Einsatzleiters, jeder von ihnen wollte es jetzt hören. Irgendwann würde er »Zugriff« rufen, und dann würden sie das tun, wofür sie ausgebildet waren.

Der alte Mann am Fenster dachte an Hassan und seine Freunde. Sie hatten den Schlüssel zu seiner Wohnung, und wenn sie nachts kamen, machten sie in der Küche die Päckchen, »strecken« nannten sie es, zwei Drittel Heroin, ein Drittel Lidocain. Sie pressten es mit dem Wagenheber zu viereckigen Klumpen, jeder wog ein Kilogramm.

Hassan zahlte dem alten Mann jeden Monat 1000 Euro, und er zahlte pünktlich. Natürlich war es zu viel für die eineinhalb Zimmer im Hinterhaus, vierter Stock, ein wenig zu dunkel. Aber sie wollten die Wohnung des alten Mannes, nichts war besser als »Bunker«, wie sie es nannten. Die Küche war groß genug, und mehr brauchten sie nicht. Der alte Mann schlief in der Kammer, und wenn sie kamen, schaltete er den Fernseher ein, damit er sie nicht hören musste. Nur kochen konnte er nicht mehr, überall in der Küche waren Plastikfolien, Feinwaagen, Spachtel und Klebebandrollen. Das Schlimmste war der weiße Staub, der alles dünn überzog. Hassan hatte dem alten Mann das Risiko erklärt, aber es war ihm egal. Er hatte nichts zu verlieren. Es war ein gutes Geschäft, und er hatte sowieso nie gekocht. Er zog an der Zigarette und sah in den Himmel: Keine Wolke, es würde bis zum Abend noch heißer werden.

Die Polizisten hörte er erst, als sie die Tür einschlugen. Es ging schnell, und es hatte keinen Sinn, sich zu wehren. Er wurde zu Boden gerissen, fiel über den Küchenstuhl und brach sich zwei Rippen. Dann schrien sie ihn an, er solle sagen, wo die Araber seien. Weil sie so laut waren, sagte er nichts. Und weil ihm die Rippen wehtaten. Auch später beim Ermittlungsrichter würde er schweigen, er war zu oft im Gefängnis gewesen, und er wusste, dass es zu früh war, um zu reden, sie würden ihn jetzt nicht gehen lassen.

—

Der alte Mann lag auf seinem Bett, Zelle 178, Haus C der Untersuchungshaftanstalt. Er hörte den Schlüssel, und er wusste, dass er jetzt etwas zu der Beamtin sagen musste oder nicken oder den Fuß bewegen, sie würde sonst nicht gehen. Sie kam jeden Morgen um 6:15 Uhr, sie nannten das »Lebendkontrolle«, sie sahen nach, ob einer der Gefangenen in der Nacht gestorben war oder sich selbst getötet hatte. Der alte Mann sagte, es sei alles in Ordnung. Die Beamtin hätte auch seine Post mitgenommen, aber er hatte niemanden, dem er schreiben konnte, und sie fragte nicht mehr danach. Als er wieder allein war, drehte er sich zur Wand. Er starrte die hellgelbe Ölfarbe an, die Wände waren zu zwei Dritteln so gestrichen, darüber ein Streifen Weiß, die Böden hellgrau. Alles hier sah so aus.

Er hatte schon beim Aufwachen daran gedacht, dass heute ihr Hochzeitstag war. Und jetzt dachte er wieder an den Mann, der mit seiner Frau schlief, mit seiner Frau.

Alles hatte mit dem Unterhemd begonnen. Er erinnerte sich an den Sommerabend vor 22 Jahren, er hatte es unter dem Bett gefunden. Es hatte dort gelegen, zerknüllt und irgendwie schmutzig. Es war nicht sein Unterhemd gewesen, obwohl seine Frau ihm das dauernd gesagt hatte. Er hatte gewusst, dass es dem anderen gehörte. Danach war nichts mehr wie früher gewesen. Am Ende hatte er damit seine Schuhe geputzt, aber das hatte auch nichts geändert, und irgendwann hatte er ausziehen müssen, sonst wäre er draufgegangen. Seine Frau hatte geweint. Er hatte nichts mitgenommen, das Geld und das Auto und selbst die Uhr, die sie ihm geschenkt hatte, hatte er zurückgelassen. Die Arbeit hatte er gekündigt, obwohl es eine gute Arbeit war, aber er konnte nicht mehr hingehen, er konnte nichts mehr ertragen. Er hatte sich jeden Abend betrunken, systematisch und stumm. Irgendwann war es zur Gewohnheit geworden, und er war versunken in einer Welt aus Schnaps, kleinen Straftaten und Sozialfürsorge. Er wollte nichts anderes. Er wartete auf das Ende.

Aber heute war etwas anders. Die Frau, die mit ihm sprechen wollte, hieß Jana, und dann folgte ein Nachname mit zu vielen Buchstaben. Sie sagten ihm, es sei keine Verwechslung, sie habe einen Sprechschein beantragt, dafür brauchte sie keine Erlaubnis von ihm. Also ging er zur festgesetzten Zeit in den Besucherraum und setzte sich zu ihr an den Tisch, der mit einer grünen Plastikfolie beklebt war. Der Beamte, der das Gespräch überwachte, saß in der Ecke und versuchte nicht zu stören.

Sie sah ihn an. Er wusste, dass er hässlich war, Nase und Kinn waren seit Jahren aufeinander zugewachsen, sie bildeten fast einen Halbkreis, er hatte kaum noch Haare, die Bartstoppeln waren grau. Sie sah ihn trotzdem an. Sie sah ihn an, wie ihn seit Jahren niemand mehr angesehen hatte. Er kratzte sich am Hals. Dann sagte sie mit hartem polnischen Akzent, er habe schöne Hände, und er wusste, dass sie log, aber es war in Ordnung, so wie sie es sagte. Sie war schön. Wie die Madonna in der Dorfkirche, dachte er. Er hatte sie als Junge immer während der Messe angestarrt und sich vorgestellt, dass Gott in ihrem Bauch war und dass es ein Rätsel war, wie er da reingekommen war. Jana war im siebten Monat, alles an ihr war rund und voller Leben und strahlend. Sie beugte sich über den Tisch und berührte mit den Fingerspitzen seine eingefallene Wange. Er starrte auf ihre Brüste, und dann schämte er sich dafür und sagte: »Ich habe keine Zähne mehr.« Er versuchte zu lächeln. Sie nickte freundlich, sie saßen zwanzig Minuten an dem Tisch und sprachen nicht mehr, kein einziges Wort. Der Beamte kannte das schon, es passierte oft, dass sich Gefangener und Besucher nichts zu sagen hatten. Als der Beamte sagte, die Besuchszeit sei zu Ende, stand sie auf, beugte sich noch einmal schnell vor und flüsterte dem alten Mann ins Ohr: »Mein Kind ist von Hassan.« Er roch ihr Parfum, er spürte ihre Haare auf seinem alten Gesicht. Sie wurde rot. Das war alles. Dann ging sie, und er wurde wieder in seine Zelle gebracht. Er saß auf dem Bett und starrte auf seine Hände, auf die Altersflecken und Narben, er dachte an Jana und das Baby in ihrem Bauch, er dachte daran, wie es dort warm war und sicher, und er wusste, was er zu tun hatte.

—

Als Jana nach Hause kam, schlief Hassan. Sie zog sich aus, legte sich vor ihn, sie spürte seinen Atem in ihrem Nacken. Sie liebte diesen Mann, den sie sich nicht erklären konnte. Er war anders als die Jungen aus ihrem Dorf in Polen, er war erwachsen, und seine Haut schien aus Samt.

Später, als er kurz aufwachte, sagte sie ihm, dass der alte Mann nicht gegen ihn aussagen würde, er könne beruhigt sein. Nur müsse er etwas für ihn tun, er müsse ihm neue Zähne bezahlen, sie habe schon mit einem Sozialarbeiter gesprochen, der dafür sorgen könne. Niemand würde es erfahren. Sie redete zu schnell, sie war aufgeregt. Hassan streichelte ihren Bauch, bis sie einschlief.

—

»Möchte Ihr Mandant Angaben zu den Hintermännern machen? Das Gericht könnte sich vorstellen, ihn in diesem Fall vom weiteren Vollzug der Untersuchungshaft zu verschonen.« Ich hatte die Verteidigung als Pro-Bono-Mandat übernommen und Haftprüfung beantragt. Alles war mit dem Gericht ausgehandelt, der Mann würde freigelassen werden. Es war kein kompliziertes Verfahren. Die Polizisten hatten 200 Gramm Heroin in der Wohnung gefunden. Schlimmer noch: Der alte Mann hatte ein Messer in der Tasche gehabt. Das Gesetz nennt so etwas »Handeltreiben mit Waffen«, die Mindeststrafe beträgt – wie beim Totschlag – fünf Jahre. Das Gesetz will damit die Beamten vor Angriffen schützen. Der alte Mann musste den Namen des eigentlichen Täters sagen, es schien seine einzige Chance. Aber er schwieg. »In diesem Fall dauert die Untersuchungshaft fort«, sagte der Richter und schüttelte den Kopf.

Der alte Mann war zufrieden. Das polnische Mädchen musste ihr Kind nicht alleine bekommen. »Das ist wichtiger als ich«, dachte er, und noch während er es dachte, wusste er, dass er etwas anderes, etwas Bedeutenderes als seine Freiheit gewonnen hatte.

—

Vier Monate später war der Prozess. Sie holten den alten Mann aus seiner Zelle und führten ihn in den Verhandlungssaal. Vor dem Weihnachtsbaum mussten sie kurz anhalten. Er stand im Hauptgang des Gefängnisses, riesig und fremd, die elektrischen Kerzen spiegelten sich in den Kugeln. Sie waren ordentlich aufgehängt, die großen unten, die kleinen oben. Das Stromkabel aus der hellroten Kabeltrommel war am Boden mit schwarz-gelben Warnhinweisen verklebt. Auch dafür gab es Sicherheitsvorschriften.

Den Richtern war schnell klar, dass der alte Mann nicht der Eigentümer der Drogen sein konnte, er hätte gar nicht das Geld dafür gehabt. Trotzdem ging es um die fünf Jahre Mindeststrafe. Niemand wollte ihn so hoch verurteilen, es wäre ungerecht gewesen, aber es schien keinen Ausweg zu geben.

In einer Verhandlungspause geschah etwas Seltsames: Der alte Mann aß ein Käsebrot, er schnitt es mit einem Plastikmesser in winzige Stücke. Als ich ihm zusah, entschuldigte er sich, er habe keine Zähne mehr und müsse alles, was er esse, so klein schneiden. Der Rest war dann einfach. Dafür – und nur dafür – hatte er das Messer in der Tasche gehabt: Er brauchte es, um essen zu können. Es gab eine Entscheidung des Bundesgerichtshofes, wonach es kein Handeltreiben mit einer Waffe sei, wenn das Messer eindeutig eine andere Bestimmung habe.

Die Sache mit den Zähnen war vielleicht eine merkwürdige Erklärung, aber es war auch der letzte Prozess in diesem Jahr. Alle waren gelöst, in den Pausen erzählte der Staatsanwalt von den Geschenken, die er noch nicht gekauft hatte, und alle fragten sich, ob es nicht doch noch schneien würde. Schließlich verurteilte die Strafkammer den alten Mann zu zwei Jahren auf Bewährung, und er wurde aus der Haft entlassen.

Ich fragte mich, wo er Weihnachten verbringen würde, seine Wohnung war gekündigt worden, und er hatte niemanden, zu dem er konnte. Ich stand auf einem der oberen Gänge und sah ihn langsam die Treppe hinuntergehen.

—

Am 24. Dezember lag der alte Mann im Krankenhaus. Die Operation sollte erst am 2. Januar sein, aber die Klinik hatte darauf bestanden, dass er direkt nach der Haftentlassung ins Krankenhaus komme, sie befürchteten einen Alkoholrückfall. Der Sozialarbeiter hatte alles organisiert, doch als der alte Mann es erfuhr, wollte er zuerst nicht. Aber dann hörte er, dass »eine Jana«, wie der Sozialarbeiter sagte, seine neuen Zähne in der Klinik bereits bezahlt habe. Und weil es von ihr kam, tat er so, als sei das eine Verwandte, und willigte ein.

Das Bett im Krankenhaus war sauber, er hatte sich geduscht und rasiert, und sie hatten ihm einen Schlafanzugskittel mit gelbem Blumenmuster gegeben. Auf dem Nachttisch stand ein Weihnachtsmann aus Schokolade. Seine Brust war eingedrückt, und er sah merkwürdig schief aus. Ihm gefiel das, »er ist wie ich«, dachte er. Er hatte etwas Angst vor der Operation, sie wollten ein Stück Knochen aus seiner Hüfte nehmen, aber er freute sich auf die neuen Zähne, und in ein paar Monaten würde er endlich wieder normal essen können. Als er einschlief, träumte er nicht mehr von dem Unterhemd unter seinem Bett. Er träumte von Jana, von ihren Haaren, ihrem Geruch und ihrem Bauch, und er war glücklich.

Etwa zwei Kilometer entfernt saß Jana auf dem Sofa und erzählte dem schlafenden Baby die Weihnachtsgeschichte. Sie hatte Barszcz für Hassan gekocht. Es war mühsam gewesen, aber sie konnte das, ihre Mutter hatte nach dem Tod ihres Vaters die kleine Familie damit über Wasser gehalten, damals in Karpacz im südwestlichen Polen. Barszcz aus Rinderbrust und Roter Bete für die Touristen, die über den Berg wanderten und hungrig waren, das war ihre Kindheit. Ihre Mutter stand jeden Tag mit ihren Töpfen und Bunsenbrennern draußen in der Kälte bei den anderen Frauen, und sie hatten das ausgepresste Gemüse hinter sich in den Schnee geworfen. Jana erzählte dem Baby von dem roten Schnee, den man schon von Weitem sah, und dem feinen Geruch der Suppe und der Gasbrenner. Sie dachte an ihr Dorf dort in den Bergen, an ihre Familie, und sie erzählte von Weihnachten, den gelben Lichtern und gebratenen Gänsen und von Onkel Malek, der die Bäckerei besaß und heute sicher wieder den größten Kuchen gebacken hatte.

Hassan würde nicht wiederkommen, sie wusste es. Aber er war bei ihr gewesen, als das Baby kam, er hatte ihre Hand gehalten und den Schweiß von ihrer Stirn gewischt. Er war ruhig geblieben, als sie schrie, er war immer ruhig, wenn es drauf ankam, und sie glaubte, dass ihr nichts passieren würde, solange er da war. Aber sie hatte auch immer geahnt, dass er gehen würde, er war viel zu jung. Sie konnte nur in Ruhe leben, wenn sie ihn aus der Ferne liebte. Plötzlich war sie einsam, ihr fehlten das Dorf und ihre Familie, sie vermisste das alles so sehr, dass es schmerzte, und sie beschloss, am nächsten Morgen den Zug nach Polen zu nehmen.

Hassan fuhr durch die Stadt. Er konnte nicht zu ihr, er wusste nicht, was er sagen sollte. Er war einer anderen Frau im Libanon versprochen, er musste sie heiraten, seine Eltern hatten es so bestimmt, als er noch ein Kind war. Jana war eine gute Frau, sie hatte ihn vor dem Gefängnis gerettet, sie war klar und einfach in allen Dingen. Langsam wurde er wütend, wütend auf sich und seine Familie und auf alles andere. Und dann sah er ihn.

Der Mann kam gerade aus einem Geschäft, er hatte noch letzte Geschenke gekauft. Er schuldete Hassan 20 000 Euro und war einfach verschwunden. Hassan suchte ihn seit Wochen. Er ließ den Wagen stehen, nahm den Hammer aus dem Handschuhfach und folgte dem Mann bis in den Eingang eines Hauses. Er packte ihn an der Kehle und stieß ihn gegen die Wand, die Tüten fielen zu Boden. Der andere sagte, er wolle doch bezahlen, es ginge nur nicht so schnell. Er bettelte. Hassan hörte ihn nicht mehr, er starrte auf die Geschenkpäckchen, die im Hausflur lagen, er sah die aufgedruckten Weihnachtsmänner und die goldenen Geschenkbänder, und plötzlich war alles gleichzeitig in seinem Kopf: Jana und das Baby, die Hitze des Libanons, sein Vater und seine zukünftige Ehefrau, und dann wurde ihm klar, dass er nichts an all dem mehr ändern konnte.

Es dauerte viel zu lange, und später sagte ein Nachbar, er habe zwischen den Schreien das Klatschen gehört, nass und dumpf, wie beim Fleischer. Als die Polizei Hassan endlich vom Oberkörper des Mannes ziehen konnte, war der Mund des anderen eine blutige Masse: Hassan hatte ihm mit dem Hammer elf Zähne zerschlagen.

An diesem Abend fiel tatsächlich noch Schnee. Es war Weihnachten.

Der Schlüssel

Der Russe sprach deutsch mit schwerem Akzent. Sie saßen zu dritt in einem Café in Amsterdam auf drei roten Sofas. Der Russe trank seit Stunden Wodka, Frank und Atris Bier. Sie konnten das Alter des Russen nicht schätzen, vielleicht 50, das linke Augenlid hing seit einem Schlaganfall herunter, an seiner rechten Hand fehlten zwei Finger. Er sei Berufssoldat in der Roten Armee gewesen, sagte er, »Tschetschenien und so«, und hielt seine verstümmelte Hand hoch. Er sprach gerne über den Krieg. »Jelzin ist eine Frau, aber Putin, Putin ist ein Mann«, sagte er. Jetzt sei Marktwirtschaft, das hätten alle begriffen, Marktwirtschaft heiße, dass man alles kaufen könne. Ein Abgeordnetenplatz in Russland koste drei Millionen Dollar, ein Ministerposten sieben Millionen. Im Krieg mit den Tschetschenen sei alles besser gewesen, ehrlicher, das seien Männer gewesen. Er hätte die Tschetschenen respektiert. Er habe viele von ihnen getötet. Bei denen würden schon die Kinder mit Kalaschnikows spielen, es seien gute Kämpfer, zäh. Darauf müsse man trinken. Sie tranken viel an diesem Abend.

Sie hatten dem Russen lange zuhören müssen. Endlich kam er zu den Pillen. Chemiker aus der Ukraine würden sie herstellen, deren Staatsbetrieb sei aufgelöst worden, sie seien arbeitslos geworden. Sie hätten privatisieren müssen, ihre Frauen und Kinder müssten essen. Der Russe hatte noch alles Mögliche angeboten: Maschinengewehre, Haubitzen, Granaten. Von einem Panzer hatte er ein Foto im Geldbeutel dabeigehabt. Er hatte das Foto zärtlich angesehen und dann herumgereicht. Er hatte gesagt, er könne auch Viren beschaffen, aber das sei ein schmutziges Geschäft. Alle hatten genickt.

Frank und Atris wollten keine Waffen, sie wollten die Pillen. In der Nacht zuvor hatte sie die Drogen an drei Mädchen ausprobiert, die sie aus einer Diskothek mitgenommen hatten. Die Mädchen hatten halb auf Englisch, halb auf Deutsch gesagt, sie würden Geschichte und Politik studieren. Sie waren ins Hotel gefahren. Sie hatten getrunken und herumgealbert. Frank und Atris hatten ihnen die Pillen gegeben. Atris musste immer noch an die Dinge denken, die sie dann gemacht hatten. Die Rothaarige hatte vor Frank auf dem Tisch gelegen und sich die Eisstücke aus dem Champagnerkühler auf ihr Gesicht geschüttet. Sie hatte geschrien, ihr sei zu heiß und dass man sie schlagen solle, aber Frank hatte keine Lust dazu gehabt. Er hatte vor dem Tisch mit heruntergelassenen Hosen gestanden und eine riesige Zigarre geraucht, seine Hüften hatten sich in dem immer gleichen langsamen Rhythmus bewegt, die Beine des Mädchens hatten auf seiner Brust gelegen. Dabei hatte er einen komplizierten Vortrag über die Auflösung des Kommunismus und deren Folgen für die Drogenwirtschaft gehalten. Er war wegen der Zigarre schwer zu verstehen. Atris hatte auf dem Bett gelegen und ihm zugesehen. Nachdem er den beiden Mädchen zwischen seinen Beinen verboten hatte weiterzumachen, waren sie eingeschlafen, eine hatte noch im Schlaf seinen rechten großen Zeh im Mund. Atris war klar geworden, dass die Pillen ideal für Berlin sein würden.

Der Russe sprach jetzt über die Drogenhunde, er wusste alles über sie. »In Südkorea klonen sie die Viecher sogar, weil sie so teuer sind«, sagte er. Man müsse einen Metallkasten ins Auto schweißen und den präparieren, man müsse Müllsäcke, Kaffee, Waschpulver reinstopfen, alles durch dicke Folien getrennt. Nur so hätte man eine Chance, dass die Hunde nichts riechen würden. Dann erzählte er wieder vom Krieg. Er fragte Atris und Frank, ob sie schon einmal getötet hätten. Frank schüttelte den Kopf.

»Mit den Tschetschenen ist es wie mit Chips«, sagte der Russe.

»Was?«, fragte Frank.

»Chips. Mit den Tschetschenen ist es wie mit einer Tüte Chips.«

»Verstehe ich nicht«, sagte Frank.

»Wenn du einmal damit angefangen hast, sie zu töten, kannst du nicht mehr aufhören, bis alle weg sind. Du musst sie alle umbringen. Jeden Einzelnen.« Der Russe lachte. Plötzlich wurde er ernst. Er starrte auf seine verkrüppelte Hand. »Sonst kommen sie wieder«, sagte er.

»Ah«, sagte Frank. »Die Rache der Chips … Können wir jetzt mal weiter über die Pillen reden?« Er wollte nach Hause.

Der Russe schrie Frank an: »Du dummes Arschloch, warum hörst du nicht zu? Schau deinen Freund an. Er ist ein Stück Fleisch, aber er hört wenigstens zu.«

Frank sah zu Atris, der in der Ecke des Sofas saß. Auf Atris' Stirn trat eine dunkelblaue Ader hervor. Frank kannte die Ader und wusste, was jetzt folgen würde.

»Wir reden hier über den Krieg, und du hast nicht die Zeit zuzuhören? So können wir keine Geschäfte machen. Ihr seid Idioten«, sagte der Russe.

Atris stand auf, er wog 110 Kilogramm. Er hob den Glastisch an einer Seite hoch und stellte ihn hochkant, die Flaschen, Gläser und Aschenbecher rutschten zu Boden. Er ging auf den Russen zu. Der Russe sprang auf, er war schneller als erwartet. Er zog aus dem Hosenbund eine Pistole und presste die Mündung auf Atris' Stirn.

»Ruhig, mein Freund«, sagte er. »Das ist eine Makarov. Sie macht große Löcher, sehr große, besser als diese amerikanischen Spielzeuge. Also setz dich, oder es gibt eine Riesensauerei.«

Atris' Gesicht war aufgedunsen und rot. Er ging einen Schritt zurück. Auf seiner Stirn hatte die Mündung der Pistole eine weiße Druckstelle hinterlassen.

»Na also. Setzt euch wieder. Wir müssen trinken«, sagte der Russe. Er rief nach der Bedienung. Sie setzen sich und tranken weiter.

Es würde ein gutes Geschäft werden. Sie würden viel Geld verdienen, es würde keine Probleme geben. Sie mussten sich nur jetzt zusammenreißen, dachte Atris.

Gegenüber des Cafés war eine Bushaltestelle. Die Frau auf der Wartebank fiel niemandem auf. Sie hatte die Kapuze ihres schwarzen Pullis über den Kopf gezogen, in der Dunkelheit unterschied sie sich kaum von der Umgebung. Sie stieg in keinen der Busse. Sie schien zu schlafen. Nur als Atris aufgesprungen war, hatte sie kurz die Augen geöffnet. Sonst bewegte sie sich nicht.

Atris und Frank bemerkten sie nicht. Sie sahen auch nicht, wie der Russe ihr ein kurzes Zeichen gab.

—

Atris stand auf dem Balkon der Wohnung auf dem Kurfürstendamm und sah dem dunkelblauen Golf nach. Es nieselte. Frank würde in 24 Stunden aus Amsterdam zurück sein, sie würden die neue Designerdroge haben, besser als alles andere auf dem Markt. Der Russe hatte gesagt, er würde ihnen die Pillen auf Kommission geben, sie müssten ihm erst in drei Wochen 250 000 Euro zahlen.

Atris drehte sich um und ging zurück in Franks Wohnung. Es war ein klassischer Berliner Altbau, 3,80 Meter hohe Wände, Stuck, Parkett, fünf Zimmer. Sie waren fast leer. Franks Freundin war Innenarchitektin. Sie hatte gesagt: »Die Räume müssen wirken.« Dann hatte sie die Sofas und Stühle und alles andere abtransportieren lassen. Jetzt mussten alle auf grauen Filzwürfeln mit winzigen Lehnen sitzen, Atris fand es unbequem.

Frank hatte Atris vor seiner Abfahrt gesagt, was er zu tun hatte. Seine Anweisungen waren klar und einfach gewesen. Frank sprach immer klar und einfach mit ihm. »Es ist nicht schwer, Atris, du musst nur genau zuhören. Erstens: Lass den Schlüssel nicht aus den Augen, zweitens: Pass auf den Maserati auf, und drittens: Verlass die Wohnung nur, wenn Buddy scheißen muss.« Buddy war Franks Dogge. Frank hatte es ihn wiederholen lassen. Fünfmal. »Schlüssel, Maserati, Buddy.« Er würde es nicht vergessen. Atris bewunderte

Frank. Frank machte sich nie über ihn lustig. Er hatte ihm immer gesagt, was er machen soll, und Atris hatte es immer gemacht. Immer.

Mit vierzehn Jahren war Atris in seiner Klasse der Schwächste gewesen, und im Wedding bekam der Schwächste die Prügel. Frank hatte ihn beschützt. Frank hatte ihm auch das erste Anabolikum besorgt, er hatte gesagt, dass Atris damit stark würde. Atris wusste nicht, woher Frank das Zeug hatte. Als er zwanzig war, stellte der Arzt einen Leberschaden bei ihm fest. Sein Gesicht war von Pusteln und nässenden Knoten überzogen. Als er zweiundzwanzig war, waren seine Hoden fast nicht mehr vorhanden. Aber Atris war inzwischen stark, ihn verprügelte niemand mehr, und er glaubte die Gerüchte nicht, dass die Anabolika aus der Viehzucht stammten.

Heute würde er sich ein paar DVDs ansehen, Bier trinken und ab und zu mit der Dogge rausgehen. Der Maserati stand unten auf der Straße. Auf dem Küchentisch lag der Schließfachschlüssel. Frank hatte alles auf einen Zettel geschrieben: »18:00 Uhr Buddy füttern.« Atris mochte das Riesentier nicht, es sah ihn immer so komisch an. Frank hatte einmal gesagt, er habe auch Buddy Anabolika gegeben, irgendetwas sei dabei schiefgelaufen, der Hund sei einfach nicht mehr wie früher. Aber bei ihm, bei Atris, den jeder für dumm hielt, würde diesmal nichts schieflaufen.

Er ging zurück in das leere Wohnzimmer und versuchte den Bang-&-Olufsen-Fernseher einzuschalten. Er setzte sich auf einen der Filzhocker und brauchte viel Zeit, um die Fernbedienung zu verstehen. Atris war stolz, dass er es war, dem Frank seine Wohnung, seinen Hund, sein Auto und den Schlüssel zum Schließfach im neuen Hauptbahnhof anvertraute. Er nahm einen Joint vom Tisch und zündete ihn an. Sie würden reich werden, dachte er, er würde seiner Mutter eine neue Küche kaufen, die mit dem Doppelherd, die er in einer der Hochglanzzeitschriften bei Frank gesehen hatte. Er stieß einen Rauchkringel aus und saugte ihn sofort wieder ein. Dann legte er die Füße auf den Tisch und versuchte der Talkshow zu folgen.

Das Hundefutter bestand aus klein geschnittenen Rindstücken, der Napf stand auf dem Küchentisch. Die Dogge lag auf dem schwarz-weiß gekachelten Boden. Sie bekam Hunger, roch das

Fleisch, stand auf, knurrte und begann zu bellen. Atris ließ im Wohnzimmer die Fernbedienung fallen, er rannte zur Küche. Er kam zu spät. Die Dogge hatte die Tischdecke zu Boden gerissen, die Fleischbrocken flogen in einem zusammengeklebten Haufen durch die Luft, Atris sah, dass die Dogge richtig stand, sie hatte ihr Maul geöffnet und wartete. Plötzlich glänzte etwas zwischen den Fleischstücken, Atris brauchte eine hundertstel Sekunde, um zu begreifen. Er schrie: »Aus …« und sprang aus dem Stand von der Türschwelle. Die Dogge war schneller, sie beachtete ihn nicht einmal. Der Fleischhaufen klatschte in das offene Maul des Hundes, er kaute nicht einmal, er schlang einfach. Atris rutschte über den Boden und prallte vor der Dogge an die Wand. Der Hund leckte die Kacheln sauber. Atris schrie ihn an, er riss ihm das Maul auf und sah in seinen Rachen, er nahm ihn in den Schwitzkasten und würgte ihn. Der Hund knurrte und schnappte nach ihm, Atris war nicht schnell genug, der Hund erwischte sein linkes Ohrläppchen und riss es ab. Atris schlug mit der Faust auf die Schnauze des Hundes. Dann saß er auf dem Boden, sein Blut tropfte auf die Steinfliesen, sein Hemd war zerrissen. Atris starrte den Hund an, und der Hund starrte Atris an. Frank war noch keine zwei Stunden aus dem Haus, und er hatte die Sache bereits versaut: Der Hund hatte den Schlüssel des Schließfachs verschluckt.

—

Sie schlugen ihn fast tot. Es war ein Versehen.

Seit der Grenze war Frank von einem Spezialeinsatzkommando verfolgt worden. Er war auf einen Parkplatz gefahren. Er musste auf die Toilette. Der Einsatzleiter war nervös. Er entschied falsch und gab den Befehl zur Festnahme. Das Landeskriminalamt musste dem Tankstellenpächter später die beiden zerbrochenen Waschbecken, die Kloschüssel, die eingeschlagene Tür, den Lufttrockner und die Reinigung der Räume bezahlen. Sie schleiften Frank mit einem Sack über dem Kopf aus dem Toilettenhaus und brachten ihn nach Berlin. Er hatte sich gewehrt.

Die Frau in dem Kapuzenpulli war Franks Golf seit Amsterdam gefolgt. Sie hatte den Einsatz der Polizei mit einem kleinen Fernglas beobachtet. Als alles vorbei war, hatte sie von einer Telefonzelle die Nummer eines gestohlenen Mobiltelefons in Amsterdam angerufen. Das Gespräch dauerte zwölf Sekunden. Dann ging sie zurück zu ihrem Wagen, tippte in das GPS-Gerät eine Adresse ein, schlug die Kapuze zurück und fuhr wieder auf die Autobahn.

—

Atris hatte acht Stunden gewartet, ob der Hund den Schlüssel wieder ausspucken würde. Dann gab er auf und zerrte Buddy auf die Straße. Inzwischen regnete es stärker, der Hund wurde nass, und als er endlich im Maserati war, stank alles nach Tier. Die Polster würde er später sauber machen müssen, erst brauchte er den Schlüssel. Der Tierarzt hatte am Telefon gesagt, er müsse schon herkommen. Atris startete den Wagen. Er war wütend. Er gab zu viel Gas. Der Wagen schoss aus der Parklücke, der rechte Kotflügel touchierte die Stoßstange des Mercedes vor ihm. Es gab ein metallisches Geräusch. Atris stieg fluchend aus und betrachtete den Lackabrieb. Er versuchte mit den Fingern den Schaden zu polieren, ein Lacksplitter riss dabei seine Haut auf, er blutete. Atris trat gegen den Mercedes, stieg wieder ein und fuhr los. Das Blut an seinem Finger verfärbte das helle Leder des Lenkrads.

Der Tierarzt hatte seine Praxis im Erdgeschoss eines Hauses in Moabit. Auf dem blauen Schild stand »Kleintierpraxis«. Atris konnte nicht gut lesen. Als er das Schild entziffert hatte, fragte er sich, ob Buddy ein kleines Tier sei. Er zerrte den Hund aus dem Wagen und trat ihm auf der Straße in den Hintern. Buddy schnappte nach ihm, aber er verfehlte ihn. »Drecksvieh, du kleines Tier«, sagte Atris. Er wollte nicht warten und schrie die Praxisschwester an. Sie ließ ihn vor, weil er zu laut war. Als er im Behandlungsraum war, legte er tausend Euro in Fünfzigern auf den Stahltisch vor den Tierarzt.

»Doktor, dieser Scheißköter hat einen Schlüssel verschluckt. Ich brauche den Schlüssel. Aber ich brauche auch den Hund. Schneid das Vieh auf, hol den Schlüssel raus, und mach ihn wieder zu«, sagte Atris.

»Ich muss ihn erst röntgen«, sagte der Tierarzt.

»Es ist mir scheißegal, was du machst. Ich brauch den Schlüssel. Ich muss los. Ich brauche den Schlüssel und den Köter.«

»Sie können ihn nicht mitnehmen, wenn ich ihn aufschneide. Er muss mindestens zwei Tage ruhig liegen. Sie müssen ihn hierlassen.«

»Mach ihn auf, er kommt danach mit. Das Vieh ist zäh, er wird's überleben«, sagte Atris.

»Nein.«

»Ich geb dir mehr Geld«, sagte Atris.

»Nein. Der Hund wird nicht durch Geld wieder gesund.«

»So ein Quatsch«, sagte Atris. »Alles wird mit Geld wieder gesund. Ich geb nicht dem Köter das Geld, ich geb's dir. Du machst ihn auf, nimmst den Schlüssel raus und machst ihn wieder zu. Du nimmst das Geld. Alle fahren nach Hause und sind glücklich.«

»Es geht nicht. Verstehen Sie doch bitte. Es geht einfach nicht – egal wie viel Geld Sie mir geben.«

Atris dachte nach. Er lief in der Praxis auf und ab. »Okay. Dann was anderes. Kann der Köter den Schlüssel nicht einfach wieder ausscheißen?«

»Wenn Sie Glück haben, ja.«

»Kannst du ihm etwas geben, damit er schneller scheißt?«

»Sie meinen Abführmittel, ja, das geht.«

»Na also. Wie dumm bist du eigentlich? Wieso muss ich dir das alles erklären, du bist doch der Arzt. Gib ihm Scheißmittel. Viel, so viel wie für einen Elefanten. Los, mach schon.«

»Sie müssen ihm natürliche Abführmittel geben. Leber, Lunge oder Euter.«

»Was?«

»Das hilft.«

»Spinnst du jetzt? Woher soll ich Euter bekommen. Ich kann den Hund doch nicht auf eine Kuh hetzen und ihr das Euter abreißen lassen.« Atris sah auf die Brüste der Praxishelferin.

»Sie können diese Sachen in der Metzgerei kaufen.«

»Gib ihm jetzt eine Tablette. Los. Du bist Arzt, du gibst Tabletten. Ein Metzger gibt Euter. Jeder hat einen anderen Job. Verstehst du das?«

Der Arzt wollte nicht mehr diskutieren. Vor einer Woche hatte die Bank geschrieben, er solle sein Konto ausgleichen. Auf dem Tisch lagen 1000 Euro. Am Ende gab er der Dogge Animalax, und weil Atris nochmals 200 Euro auf den Tisch legte, wurde es die fünffache Dosis der Empfehlung des Herstellers.

Atris zog Buddy wieder auf die Straße. Es regnete in Strömen. Er fluchte. Der Arzt hatte gesagt, der Hund bräuchte Bewegung, das Mittel würde so schneller wirken. Er hatte keine Lust, nass zu werden. Er klemmte die Leine in die Beifahrertür und fuhr langsam los. Der Hund trottete neben dem Maserati her. Andere Autos hupten, Atris drehte die Musik lauter. Ein Polizist hielt ihn an, Atris sagte, der Hund sei krank. Der

Polizist schrie ihn an, also zog er die Dogge ins Auto und fuhr weiter.

An der nächsten Ecke hörte er es. Es war ein dunkles Grollen, bedrohlich. Die Dogge riss das Maul auf, sie hechelte, jaulte vor Schmerzen. Dann entleerte sie sich. Sie krümmte sich auf dem Vordersitz, quetschte sich zwischen den Lehnen nach hinten, biss in das Polster und riss ein großes Stück heraus. Der flüssige Kot spritzte über die Sitze, die Scheibe, den Boden, die Hutablage. Der Hund verteilte alles mit den Pfoten. Atris bremste und sprang aus dem Wagen. Er schloss die Fahrertür. Es dauerte zwanzig Minuten. Atris stand im Regen. Die Scheiben des Wagens beschlugen von innen. Er sah immer wieder kurz die Schnauze des Hundes, das rote Zahnfleisch, den Schwanz, er hörte sein helles Jaulen, und immer wieder klatschte der Kot an die Fenster. Atris dachte an Frank. Und an seinen Vater, der hatte ihm schon als Kind gesagt, er sei zu blöd, um geradeaus gehen zu können. Atris dachte, dass der Vater vielleicht doch recht gehabt hatte.

—

Frank erwachte im Krankenhaus der Berliner Haftanstalten aus dem Koma. Das SEK hatte es übertrieben, er hatte eine schwere Gehirnerschütterung, Hämatome am ganzen Körper, sie hatten ihm das Schlüsselbein und den rechten Oberarm gebrochen. Der Ermittlungsrichter verlas an seinem Krankenbett den Haftbefehl, er lautete zunächst nur auf Widerstand und Körperverletzung: Einer der acht Beamten hatte sich den kleinen Finger gebrochen. Die Polizei hatte keine Drogen gefunden, aber sie waren sicher, dass sie irgendwo waren.

Ich übernahm seine Verteidigung. Frank würde schweigen. Der Staatsanwaltschaft würde es schwerfallen, den Drogenhandel nachzuweisen. Der Haftprüfungstermin war in dreizehn Tagen, und wenn nichts Neues dazukäme, würde er entlassen.

—

»Du stinkst nach Scheiße«, sagte Hassan.

Atris hatte ihn angerufen. Zuvor hatte er eine Stunde den Maserati durchsucht, Hemd und Hose waren von Kot verschmiert. Er hatte den Schlüssel nicht gefunden, er musste noch in der Dogge sein. Atris hatte nicht gewusst, was er tun sollte. Hassan war sein Cousin, in der Familie galt er als klug.

»Ich weiß, dass ich nach Scheiße stinke. Der Wagen stinkt nach Scheiße, Buddy stinkt nach Scheiße, ich stinke nach Scheiße. Ich weiß das. Du musst es nicht erst sagen.«

»Atris, du stinkst *wirklich* nach Scheiße«, sagte Hassan.

Hassan hatte seine Geschäftsräume in einem der unzähligen ausgebauten Bögen unter der Berliner S-Bahn. Die Bahn vermietete diese Räume. Hier waren Autowerkstätten, Lagerräume und Ramschhändler. Hassan entsorgte Autoreifen. Er ließ sich die Entsorgung alter Reifen bezahlen, lud sie auf einen LKW und schmiss sie in eine Schlucht, die er in einem Wald in Brandenburg gefunden hatte. Er verdiente gut. Alle sagten, er sei ein begabter Geschäftsmann.

Atris erzählte Hassan von der Sache mit dem Hund. Hassan sagte, er solle Buddy reinbringen. Die Dogge sah elend aus, das weiße Fell war braun.

»Der Köter stinkt auch«, sagte Hassan.

Atris stöhnte.

»Binde ihn an den Stahlpfosten«, sagte Hassan.

Er zeigte Atris die Dusche im hinteren Raum und gab ihm einen frisch gewaschenen Anzug der Stadtreinigung. Er war orange.

»Was ist das?«, fragte Atris.

»Ich brauche den für die Entsorgung«, sagte Hassan.

Atris zog sich aus und packte die alten Sachen in eine Mülltüte. Als er 20 Minuten später aus der Dusche kam, sah er zuerst den Wagenheber. Er lag in einer Blutlache. Hassan saß auf einem Stuhl und rauchte. Er zeigte auf den Hundekadaver auf dem Boden.

»Tut mir leid, aber besser, du ziehst dich wieder aus. Wenn du ihn so aufschneidest, bist du wieder versaut. Das ist der letzte saubere Anzug.«

»Scheiße.«

»Es ist die einzige Möglichkeit. Der Schlüssel wäre nie rausgekommen. Er verhakt sich im Magen. Wir besorgen einen neuen Hund.«

»Und der Maserati?«

»Ich habe schon telefoniert. Die Jungs klauen den gleichen noch einmal. Wir müssen warten. Du kriegst den neuen.«

—

Atris kam um 2:00 Uhr früh wieder in die Wohnung auf dem Kurfürstendamm. Er hatte den neuen Maserati in der Tiefgarage geparkt. Der Wagen sah völlig anders aus, war rot anstatt blau, die Sitze schwarz anstatt beige. Es würde schwer werden, Frank das zu erklären.

Atris fuhr mit dem Aufzug nach oben. Der Schlüssel klemmte etwas im Schloss der Wohnungstür, aber er war zu müde, um es zu registrieren. Er konnte sich nicht wehren, er versuchte es erst gar nicht. Die Frau war zierlich, sie trug ein Kapuzenshirt, er konnte ihr Gesicht nicht erkennen. Ihre Pistole war riesig.

»Mach deinen Mund auf«, sagte sie. Ihre Stimme war warm.

Sie schob den Lauf zwischen Atris' Zähne. Er schmeckte nach Öl.

»Geh langsam rückwärts. Wenn du dich falsch bewegst oder wenn ich stolpere, fehlt dein Hinterkopf. Du musst also vorsichtig sein. Hast du das verstanden?«

Atris nickte vorsichtig. Das Korn des Laufes stieß dabei von innen gegen seine Zähne. Sie gingen in das Wohnzimmer.

»Ich setze mich jetzt auf den Hocker. Du kniest dich vor mich. Ganz langsam.« Sie sprach mit ihm, wie ein Arzt mit seinem Patienten spricht.

Die Frau setzte sich auf einen der Filzhocker. Atris kniete neben ihr. Er hatte noch immer den Lauf im Mund.

»Sehr gut. Wenn du jetzt alles richtig machst, passiert nichts. Ich will dich nicht töten, aber es macht mir auch nichts aus, es zu tun. Hast du das verstanden?«

Atris nickte wieder.

»Also, ich erkläre es dir.«

Sie sprach langsam, so langsam, dass Atris alles verstand. Sie lehnte sich auf dem Hocker zurück und schlug die Beine übereinander. Atris musste ihren Bewegungen folgen und sich mit dem Kopf nach vorne beugen.

»Dein Partner und du haben von uns Pillen gekauft. Ihr wollt uns dafür 250 000 Euro geben. Dein Partner ist auf der Autobahn festgenommen worden. Das tut uns leid. Aber das Geld musst du trotzdem bezahlen.«

Atris schluckte. Frank hat es erwischt, dachte er. Er nickte. Sie wartete, bis sie sicher sein konnte, dass alles bei Atris angekommen war.

»Es freut mich, dass du es verstehst. Ich stelle dir jetzt eine Frage. Danach darfst du den Lauf aus dem Mund nehmen und antworten. Wenn du mit deiner Antwort fertig bist, nimmst du den Lauf wieder in den Mund. Es ist ganz einfach.«

Atris gewöhnte sich an die Stimme. Er musste nicht nachdenken. Er würde einfach alles tun, was die Stimme sagte.

»Wo ist das Geld?«, sagte sie.

Atris öffnete den Mund und sagte: »Das Geld ist im Bahnhof. Buddy hat den Schlüssel verschluckt, er hat alles vollgeschissen, ich musste ihn ...«

»Ruhe«, sagte die Frau. Ihre Stimme war scharf. »Nimm sofort den Lauf wieder in den Mund.«

Atris verstummte und tat, was sie sagte.

»Deine Geschichte ist zu lang. Ich möchte keinen Roman hören. Ich möchte nur wissen, wo das Geld ist. Ich werde dir jetzt nochmals die Frage stellen. Ich möchte, dass du nur mit einem Satz antwortest. Du kannst dir in Ruhe die Antwort überlegen. Wenn du weißt, was du sagen willst, öffnest du den Mund und sagst den Satz. Aber nur den einen Satz. Wenn du mehr als den einen Satz sagst, schneide ich dir die Eier ab. Hast du das verstanden?«

Ihre Stimme hatte sich nicht verändert. Atris begann zu schwitzen.

»Wo ist das Geld?«

»In einem Schließfach im Hauptbahnhof«, sagte Atris. Er biss sofort wieder auf den Stahl.

»Sehr gut, du hast es jetzt verstanden, genau so geht es. Nun kommt die nächste Frage. Du denkst nach, öffnest den Mund, sagst einen Satz und schließt ihn wieder. Denke über die Antwort nach. Also, hier ist die Frage: Wer hat den Schlüssel zum Schließfach?«

»Ich«, sagte Atris und schloss den Mund wieder.

»Hast du ihn dabei?«

»Ja.«

»Ich bin stolz auf dich. So kommen wir weiter. Nun kommt die nächste Frage. Wo ist dein Auto?«

»In der Tiefgarage.«

»Ich sehe, wir kommen miteinander zurecht. Jetzt wird es ein wenig komplizierter. Wir machen jetzt Folgendes. Du stehst jetzt auf, aber das machst du ganz langsam. Verstehst du? Es kommt darauf an, alles ganz langsam zu machen. Wir wollen doch nicht, dass das Ding losgeht, weil ich einen Schreck bekomme. Wenn wir vorsichtig sind, passiert gar nichts.«

Atris erhob sich langsam. Er hatte die Pistole noch immer im Mund.

»Ich nehme sie jetzt aus deinem Mund. Dann drehst du dich um und gehst zur Tür. Ich bin hinter dir. Wir werden jetzt zusammen zum Bahnhof fahren. Wenn das Geld da ist, kannst du gehen.«

Atris öffnete seinen Mund, und sie zog den Lauf heraus.

»Bevor wir gehen, musst du noch eins wissen. In der Pistole sind besondere Patronen. Sie enthalten einen Tropfen Glyzerin. Du gehst vor mir. Wenn du wegläufst, muss ich schießen. Das Glyzerin wird in deinem Körper explodieren. Man wird nichts mehr von dir erkennen können. Hast du das verstanden?«

»Ja«, sagte Atris. Er würde auf keinen Fall weglaufen.

Sie fuhren mit dem Aufzug nach unten. Atris ging voran und öffnete die Tür zur Tiefgarage. Jemand schrie: »Da ist das Schwein.« Als Letztes sah Atris den Baseballschläger aus Metall. Er glänzte rot.

—

Sie hatten den falschen Maserati gestohlen. Der Wagen gehörte einem Rapper. Er hatte mit seiner Freundin in der Schlüterstraße zu Abend gegessen. Als er danach seinen Wagen nicht fand, hatte er die Polizei angerufen, aber das Auto war nicht abgeschleppt worden. Seine Freundin hatte schlechte Laune bekommen. Sie war ihm so lange auf die Nerven gegangen, bis er einen seiner alten

Freunde aus Kreuzberg angerufen hatte: Muhar El Keitar hatte versprochen, sich um die Sache zu kümmern.

Wenn man nicht zur Polizei gehörte, war es nicht schwer herauszufinden, wer den Wagen jetzt hatte. El Keitar war der Chef einer großen Familie. Alle stammten aus dem gleichen Dorf, sie waren libanesische Kurden. El Keitar wollte den Wagen. Er sagte es deutlich. Sein Freund, der Rapper, war inzwischen ein berühmter Mann, er wollte ihm unbedingt helfen. Die vier Männer, die Hassan im Auftrag Muhar El Keitars besuchten, wollten ihn nicht töten, sie wollten nur wissen, für wen der Wagen gewesen sei. Die Sache ging schief. Als sie zurückkamen, sagten die Männer, Hassan habe sich unbedingt wehren wollen. Er habe gesagt, wo das Auto sei, aber dann sei es zu Ende gewesen.

—

Atris kam auf einem Holzstuhl wieder zu sich. Er war nackt und gefesselt. Es war ein feuchter, fensterloser Raum. Atris bekam Angst. Jeder in Kreuzberg hatte schon von diesem Keller gehört. Er gehörte Muhar El Keitar. Alle wussten, dass El

Keitar gerne folterte. Man sagte, er habe die Technik im Krieg im Libanon gelernt. Es gab viele Geschichten dazu.

»Was soll das?«, fragte Atris die beiden Männer, die vor ihm auf einem Tisch saßen. Seine Zunge war pelzig und geschwollen. Zwischen seinen Beinen stand eine Autobatterie mit zwei Kabeln.

»Warte«, sagte der Jüngere.

»Auf was soll ich warten?«

»Warte einfach«, sagte der Ältere.

Zehn Minuten später kam Muhar El Keitar die Treppe runter. Er sah Atris an. Dann schrie er die beiden Männer an.

»Ich habe euch schon tausendmal gesagt, ihr sollt die Plastikplane unter den Stuhl legen. Wieso begreift ihr das nie. Das nächste Mal sage ich nichts, dann könnt ihr ja sehen, wie ihr die Sauerei wegmacht.«

Tatsächlich wollte Muhar El Keitar nicht foltern. Fast immer reichte schon der Satz, um seine Opfer zum Sprechen zu bringen.

»Was willst du, Muhar?«, fragte Atris. »Was soll ich tun?«

»Du hast ein Auto geklaut«, sagte El Keitar.

»Nein, ich habe kein Auto geklaut. Die Jungs haben es geklaut. Der andere Maserati war voller Scheiße.«

»Gut, verstehe ich«, sagte El Keitar, obwohl er es nicht verstand. »Du musst das Auto bezahlen. Es gehört einem Freund.«

»Ich bezahle.«

»Und du bezahlst eine Entschädigung für meinen Aufwand.«

»Natürlich.«

»Wo ist dein Geld?«

»In einem Schließfach im Hauptbahnhof.« Atris hatte inzwischen verstanden, dass es keinen Sinn hatte, lange Geschichten zu erzählen.

»Wo ist der Schlüssel«, sagte Muhar El Keitar.

»In meinem Portemonnaie.«

»Ihr seid Idioten«, sagte Muhar El Keitar zu den beiden Männern. »Wieso habt ihr ihn nicht durchsucht? Alles muss man selber machen.«

El Keitar ging zu Atris' orangenem Müllanzug.

»Wieso hast du den Müllanzug?«, sagte Muhar El Keitar.

»Das ist auch eine lange Geschichte.«

Muhar El Keitar fand den Geldbeutel und darin den Schlüssel.

»Ich gehe selbst zum Bahnhof. Ihr passt auf ihn auf«, sagte er zu seinen Männern und dann zu Atris: »Wenn das Geld da ist, kannst du gehen.«

Er ging die Treppen nach oben. Dann kam er sie rückwärts wieder runter. Er hatte eine Pistole im Mund. Die beiden Männer El Keitars griffen nach den Baseballschlägern.

»Legt sie wieder hin«, sagte die Frau mit der Pistole.

Muhar El Keitar nickte heftig.

»Wenn wir alle ganz ruhig sind, passiert niemandem etwas«, sagte die Frau. »Wir werden unsere Probleme jetzt gemeinsam lösen.«

—

Eine halbe Stunde später saßen Muhar El Keitar und der ältere seiner Männer mit Kabelbindern aneinandergefesselt auf dem Boden des Kellers, ihre Münder waren mit Paketklebeband verschlossen. Der Ältere hatte nur noch seine Unterhose an, Atris trug jetzt dessen Sachen. Der Jüngere saß in einer riesigen Blutlache. Er hatte einen Fehler gemacht und einen Totschläger aus der Tasche gezogen. Die Pistole der Frau war noch im Mund von El Keitar gewesen. Mit der linken Hand hatte sie aus der Bauchtasche ihres Shirts ein Rasiermesser gezogen, aufgeklappt und tief in die Innenseite seines rechten Schenkels geschnitten. Es ging schnell, er hatte kaum etwas wahrgenommen. Er war sofort zu Boden gegangen.

»Ich habe deine große Beinschlagader durchtrennt«, hatte sie gesagt. »Du wirst jetzt ausbluten, es dauert sechs Minuten. Dein Herz wird das Blut immer weiter aus deinem Körper pumpen. Zuerst wird dein Gehirn nicht mehr versorgt, du wirst bewusstlos.«

»Hilf mir«, hatte er gesagt.

»Jetzt kommt die gute Nachricht: Du kannst überleben. Es ist einfach: Du musst in die Wunde greifen, mit den Finger findest du das Ende der Arterie. Du musst sie zwischen Daumen und Zeigefinger zudrücken. «

Der Mann hatte sie ungläubig angesehen. Die Lache war größer geworden.

»An deiner Stelle würde ich mich beeilen«, hatte sie gesagt.

Er hatte in seiner Wunde gewühlt. »Ich find sie nicht, verdammt, ich finde sie nicht!« Dann hatte es plötzlich aufgehört zu bluten. »Ich hab sie.«

»Du darfst jetzt nicht mehr loslassen. Wenn du weiterleben willst, musst du sitzen bleiben. Irgendwann wird ein Arzt kommen. Er wird mit einem kleinen Stahlclip die Arterie wieder schließen. Also halt still.«

Und zu Atris hatte sie gesagt: »Wir gehen jetzt.«

Atris und die Frau fuhren mit dem gestohlenen Maserati zum Hauptbahnhof. Atris ging zu dem

Schließfach und schloss es auf. Er stellte zwei Taschen vor die Frau und öffnete sie. Sie sah in die Taschen.

»Wie viel Geld ist das?«, fragte sie.

»220 000 Euro«, sagte Atris.

»Und was ist das in der anderen?«

»1,1 kg Kokain«, sagte Atris.

»Gut, ich nehme beides. Die Sache ist damit erledigt. Ich gehe jetzt, du siehst mich nie wieder, und du hast mich nie gesehen«, sagte sie.

»Ja.«

»Wiederhole es.«

»Ich habe Sie noch nie gesehen«, sagte Atris.

Die Frau drehte sich um, nahm die beiden Taschen und ging zur Rolltreppe. Atris wartete kurz, dann rannte er zur nächsten Telefonzelle. Er nahm den Hörer ab und wählte die Notrufnummer der Polizei.

»Eine Frau mit schwarzem Kapuzenshirt, ca. 1,70 groß, schlank, geht im Hauptbahnhof in Richtung Ausgang.« Er kannte die Sprache der Polizei. »Sie ist bewaffnet, sie hat eine Tasche mit Falschgeld und ein Kilogramm Kokain bei sich. Sie hat einen blauen, nein, einen roten Maserati gestohlen. Er steht auf Parkdeck zwei«, sagte er und legte auf.

Er kehrte zurück zum Schließfach und griff hinein. Hinter dem Münzschacht klebte – von außen nicht sichtbar – ein zweiter Schlüssel. Er schloss damit das Fach nebenan auf und entnahm ihm eine Tasche. Er sah kurz rein, das Geld war noch da. Dann ging er zurück in die Haupthalle und fuhr mit der Rolltreppe nach oben zu den S-Bahn-Gleisen. Auf der untersten Ebene sah er die Frau am Boden liegen. Acht Polizisten standen um sie herum.

Atris nahm die erste S-Bahn in Richtung Charlottenburg. Als sie anfuhr, lehnte er sich zurück. Er hatte das Geld. Morgen würde das große Paket aus Amsterdam mit den Pillen bei seiner Mutter ankommen, Frank hatte sogar noch eine rot und grün beleuchtete Windmühle für sie eingepackt. Sie liebte solche Dinge. Bei der Post hätten sie noch keine Drogenhunde, es sei zu teuer, hatte der Russe gesagt.

Die Frau würde vier oder fünf Jahre bekommen. Das Kokain war zwar nur Zucker, aber auf das Falschgeld waren Frank und Atris selbst einmal reingefallen. Außerdem gab es noch den Waffenbesitz und den PKW-Diebstahl.

Frank würde in ein paar Tagen freikommen, es war ihm nichts nachzuweisen. Die Pillen würden sich gut verkaufen lassen. Er würde Frank zur Entlassung einen jungen Hund schenken, auf jeden Fall einen kleineren. Sie hatten 250 000 Euro gespart, die Festnahme der Frau ging zu Lasten des Russen, so waren nun mal die Regeln. Frank würde sich den neuen Maserati Quattroporte kaufen können.

Nachdem er mir alles erzählt hatte, sagte Atris, »Frauen kann man einfach nicht trauen.«

Einsam

Heute war sie seit Langem wieder an dem Haus vorbeigegangen. Fünfzehn Jahre war das alles her. Sie hatte sich in ein Café gesetzt und mich angerufen. Ob ich mich noch an sie erinnere, fragte sie. Sie sei jetzt erwachsen, habe einen Mann und zwei Kinder. Beides Mädchen, zehn und neun Jahre alt, hübsche Kinder. Die Kleine sähe aus wie sie. Sie habe nicht gewusst, wen sie anrufen könnte.

»Erinnern Sie sich noch an das alles?«, hatte sie gefragt.

Ja, ich erinnerte mich noch an das alles. An jedes Detail.

—

Larissa war vierzehn Jahre alt. Sie wohnte zu Hause. Die Familie lebte von Sozialhilfe, der Vater seit zwanzig Jahren arbeitslos, die Mutter früher Putzfrau, jetzt tranken beide. Oft kamen die Eltern spät nach Hause, manchmal auch gar nicht. Larissa hatte sich daran und an die Schläge gewöhnt, wie sich Kinder an alles gewöhnen. Ihr Bruder war mit sechzehn ausgezogen und hatte sich nie wieder gemeldet. Sie würde es auch so machen.

Es war ein Montag. Ihre Eltern waren in der Trinkhalle zwei Ecken weiter, sie waren fast immer dort. Larissa blieb allein in der Wohnung. Sie saß auf dem Bett und hörte Musik. Als es klingelte, ging sie zur Tür, schaute durch den Spion. Es war Lackner, der Freund des Vaters, er wohnte im Haus nebenan. Sie hatte nur einen Slip und ein T-Shirt an. Er fragte nach den Eltern, kam in die Wohnung, prüfte, ob sie wirklich allein war. Dann zog er das Messer. Er sagte, sie solle sich anziehen und mitkommen, er schneide ihr sonst die Kehle durch. Larissa gehorchte, es blieb ihr nichts anderes übrig. Sie ging mit Lackner, er wollte in seine Wohnung, niemand sollte ihn stören.

Frau Halbert, die Nachbarin aus der Wohnung gegenüber, kam ihnen im Treppenhaus entgegen. Larissa riss sich los, sie schrie und rannte in ihre Arme. Viel später, als alles vorbei war, würde der Richter Frau Halbert fragen, weshalb sie Larissa nicht beschützt habe. Weshalb sie Larissas Umarmung gelöst habe und sie Lackner überlassen habe. Der Richter würde sie fragen, weshalb sie zugesehen habe, dass der Mann das Mädchen mitnahm, obwohl es gefleht und geweint habe. Und Frau Halbert würde immer das Gleiche antworten, auf jede seiner Frage würde sie sagen: »Es war nicht meine Sache, es ging mich nichts an.«

Lackner brachte Larissa in seine Wohnung. Sie war noch Jungfrau. Als er fertig war, schickte er sie zurück. »Grüß deinen Alten«, sagte er zum Abschied. Zu Hause duschte Larissa so heiß, dass ihre Haut fast verbrannte. Sie zog die Vorhänge in ihrem Zimmer zu. Sie hatte Schmerzen und Angst, und sie konnte es niemandem sagen.

In den folgenden Monaten ging es Larissa schlecht. Sie war müde, übergab sich, war fahrig. Die Mutter sagte, sie solle nicht so viele Süßigkeiten essen, das Sodbrennen komme daher. Larissa nahm fast zehn Kilo zu. Sie war mitten in der Pubertät. Sie hatte eben erst die Pferdebilder von der Wand genommen und Fotos aus der Bravo aufgehängt. Es wurde schlimmer, vor allem die Bauchschmerzen. »Kolik«, sagte der Vater dazu. Die Monatsblutung blieb aus, sie glaubte, es sei der Ekel.

Am 12. April mittags schaffte sie es kaum noch bis zur Toilette. Sie meinte, ihr Darm würde platzen, sie hatte schon den ganzen Vormittag Bauchkrämpfe gehabt. Es war etwas anderes. Sie griff zwischen ihre Beine und spürte das Fremde. Es wuchs aus ihr. Sie tastete verschmierte Haare, einen winzigen Kopf. »Es darf nicht in mir sein«, sagte sie später, das sei alles, was sie gedacht habe, immer und immer wieder: »Es darf nicht in mir sein.« Ein paar Minuten später fiel das Baby in die Toilettenschüssel, sie hörte das Wasser klatschen. Sie blieb sitzen. Lange, jede Zeit fehlte ihr.

Irgendwann stand sie auf. Das Baby lag dort unten, es lag in der Toilettenschüssel, weiß und rot und verschmiert und tot. Sie griff zur Ablage über dem Waschbecken, nahm die Nagelschere, schnitt die Nabelschnur durch. Sie trocknete sich mit Toilettenpapier ab, sie konnte das Papier nicht auf das Baby werfen, sie stopfte es in den Plastikeimer im Bad. Sie saß auf dem Boden, bis ihr kalt wurde. Dann versuchte sie zu gehen, wacklig, aus der Küche holte sie eine Mülltüte. Sie stützte sich an die Wand, blutiger Handabdruck. Dann zog sie das Kind aus der Toilette, die Beinchen, dünn waren sie, fast so dünn wie ihre Finger. Sie legte es auf ein Handtuch. Sie sah kurz hin, ganz kurz und viel zu lange, es lag da mit blauem Kopf und geschlossenen Augen. Dann schlug sie das Handtuch über das Kind und schob es in die Tüte. Vorsichtig, »wie ein Laib Brot«, dachte sie. Sie brachte die Tüte in den Keller, trug sie auf beiden Händen, legte sie zwischen die Fahrräder. Sie weinte lautlos. Auf der Treppe nach oben begann sie zu bluten, es lief die Schenkel herunter, sie merkte es nicht. Sie schaffte es noch in die Wohnung, dann brach sie im Flur zusammen. Die Mutter war zurückgekommen, sie rief die Feuerwehr. Im Krankenhaus holten die Ärzte die Nachgeburt und alarmierten die Polizei.

Die Polizistin war freundlich, sie trug keine Uniform und strich dem Mädchen über die Stirn. Larissa lag in einem sauberen Bett, eine Schwester hatte ihr ein paar Blumen hingestellt. Sie erzählte alles. »Es ist im Keller«, sagte sie. Und dann sagte sie, was niemand ihr glaubte: »Ich habe nicht gewusst, dass ich schwanger bin.«

Ich besuchte Larissa im Frauengefängnis, ein befreundeter Richter hatte mich gebeten, das Mandat zu übernehmen. Sie war fünfzehn. Ihr Vater gab der Boulevardpresse ein Interview: Sie sei immer ein gutes Kind gewesen, er verstehe es auch nicht, sagte er. Er bekam 50 Euro dafür.

Verdrängte Schwangerschaften gab es schon immer. Jedes Jahr erkennen alleine in Deutschland 1500 Frauen zu spät, dass sie schwanger sind. Und Jahr für Jahr erfahren es fast 300 Frauen erst bei der Geburt. Alle Zeichen deuten sie um: Die Regelblutung bleibe aus wegen Stress, der Bauch sei gebläht, weil man zu viel gegessen habe, die Brüste würden wegen einer Hormonstörung wachsen. Die Frauen sind sehr jung oder schon über vierzig. Viele haben bereits Kinder bekommen. Menschen können Dinge verdrängen, niemand weiß, wie es funktioniert. Manchmal gelingt damit alles: Auch Ärzte werden getäuscht und verzichten auf weitere Untersuchungen.

Larissa wurde freigesprochen. Der Vorsitzende sagte, das Kind habe gelebt, es sei ertrunken, seine Lunge sei entwickelt gewesen, dort seien Kolibakterien gefunden worden. Er sagte, er glaube Larissa. Die Vergewaltigung habe sie traumatisiert, sie habe das Kind nicht gewollt. Sie habe alles verdrängt, so stark und vollkommen, dass sie tatsächlich nichts von ihrer Schwangerschaft gewusst habe. Als Larissa auf der Toilette das Kind geboren habe, sei sie davon überrascht worden. Sie sei deshalb in einen Zustand geraten, in dem sie Recht von Unrecht nicht mehr unterscheiden konnte. Der Tod des Neugeborenen sei nicht ihre Schuld.

Lackner wurde in einem anderen Prozess zu sechseinhalb Jahren verurteilt.

Larissa fuhr mit der Straßenbahn nach Hause. Sie hatte nur die gelbe Plastiktasche dabei, die die Polizistin für sie gepackt hatte. Ihre Mutter fragte sie, wie es denn so war bei Gericht. Larissa zog ein halbes Jahr später aus.

—

Nach unserem Telefonat schickte sie mir ein Foto ihrer Kinder. Sie legte einen Brief dazu, runde Schönschrift auf blauem Papier, sie musste sehr langsam geschrieben haben: »Alles ist gut mit meinem Mann und meinen Mädchen, ich bin glücklich. Aber ich träume oft von dem Baby, das alleine im Keller lag. Es ist ein Junge gewesen. Ich vermisse ihn.«

Justiz

Das Strafgericht liegt in Berlin-Moabit, der Stadtteil ist grau, kein Mensch weiß, woher der Name kommt, ein wenig klingt das slawische Wort für Moor mit. Es ist das größte Kriminalgericht Europas. Das Gebäude hat zwölf Höfe und siebzehn Treppenhäuser. Hier arbeiten 1500 Menschen, darunter 270 Richter und 350 Staatsanwälte. Etwa 300 Hauptverhandlungen finden jeden Tag statt, 1300 Untersuchungshäftlinge aus 80 Nationen sitzen hier ein, und es kommen täglich über tausend Besucher, Zeugen und Prozessbeteiligte. Jahr für Jahr werden etwa 60 000 Strafverfahren bearbeitet. Das ist die Statistik.

Die Beamtin, die Turan brachte, sagte leise, er sei »ein armes Schwein«. Er kam auf zwei Krücken in die Besprechungszelle, das rechte Bein zog er nach. Er sah aus wie die Bettler in den Fußgängerpassagen. Sein linker Fuß war nach innen verdreht. Er war 41 Jahre alt, ein schmales Männchen, nur Haut und Knochen, das Gesicht eingefallen, kaum noch Zähne, unrasiert, verwahrlost. Um mir die Hand zu geben, musste er eine Krücke an seinen Bauch lehnen, er stand unsicher. Turan setzte sich und versuchte seine Geschichte zu erzählen. Er verbüßte eine Strafe, der Strafbefehl war längst rechtskräftig: Mit seinem Pitbullterrier habe er einen Mann angegriffen. Er habe ihn »brutal zusammengeschlagen und -getreten«. Turan sagte, er sei unschuldig. Er brauchte Zeit für seine Antworten, er sprach lange. Ich verstand nicht alles, was er sagte, aber er musste auch nicht viel sagen: Er konnte kaum laufen, jeder Hund hätte ihn umgerissen. Als ich gehen wollte, hielt er mich plötzlich am Arm fest, seine Krücke fiel zu Boden. Er sagte, er sei kein schlechter Mensch.

Ein paar Tage später kam die Akte von der Staatsanwaltschaft. Sie war dünn, kaum 50 Seiten: Horst Kowski, 42, ging in Neukölln spazieren. Neukölln ist ein Stadtteil Berlins, dort engagieren Schulen privaten Wachschutz, Grundschulen haben bis zu 80 Prozent Ausländeranteil, jeder Zweite lebt vom Staat. Horst Kowski hatte seinen Dackel dabei. Der Dackel begann Streit mit einem Pitbullterrier. Der Besitzer des Pitbulls wurde wütend, der Streit eskalierte, der Mann schlug Kowski zusammen.

Als Kowski zu Hause ankam, blutete er aus dem Mund. Seine Nase war gebrochen, sein Hemd zerrissen. Seine Frau verband ihn. Sie sagte, sie kenne »den mit dem Pitbull«, er heiße Tarun. Er sei Stammkunde im Sonnenstudio, in dem sie arbeitete. Sie sah im Computer des Studios nach, fand Taruns Rabattkarte und seine Adresse: Kolbe-Ring 52. Das Ehepaar ging zur Polizei, Kowski legte den Computerausdruck vor. Tarun war im Melderegister der Stadt nicht zu finden, den Beamten wunderte das nicht, in Neukölln wird die Meldepflicht nicht immer eingehalten.

Am nächsten Tag fand ein Streifenbeamter am Kolbe-Ring 52 unter den 184 Klingelschildchen keinen Tarun. Allerdings stand auf einem Schild »Turan«. Der Polizist fragte beim Landeseinwohneramt nach, tatsächlich war ein Harkan Turan im Kolbe-Ring 52 gemeldet. Der Beamte glaubte, es sei eine Buchstabenverwechslung, es müsse richtig »Turan« und nicht »Tarun« heißen. Er klingelte. Als niemand öffnete, hinterließ der Beamte im Briefkasten eine Ladung, Turan solle sich melden.

Turan ging nicht zur Polizei. Er ließ sich auch nicht entschuldigen. Nach vier Wochen schickte der Beamte die Akte zur Staatsanwaltschaft. Der Staatsanwalt beantragte einen Strafbefehl, ein Richter unterschrieb ihn. »Wenn er's nicht war, wird er sich schon melden«, dachte er.

Als Turan den Strafbefehl bekam, hätte er immer noch alles ändern können, er hätte nur eine einzige Zeile an die Justiz schreiben müssen. Nach zwei Wochen wurde der Strafbefehl rechtskräftig. Die Vollstreckungsabteilung schickte eine Zahlkarte, er solle die Strafe bezahlen. Natürlich bezahlte er nicht, er hätte auch nicht das Geld gehabt. Die Geldstrafe wurde in eine Gefängnisstrafe umgewandelt. Die Haftanstalt schrieb, er müsse sich innerhalb von vierzehn Tagen stellen. Turan warf den Brief weg. Nach drei Wochen wurde er morgens um acht Uhr von zwei Polizisten abgeholt. Seitdem saß er im Gefängnis. Turan sagte: »Ich war's nicht. Die Deutschen sind so gründlich, die müssen das doch wissen.«

Turans Missbildung war angeboren, er war immer wieder operiert worden. Ich schrieb seinen Ärzten und gab die Krankenakten einem Sachverständigen. Er sagte, Turan hätte niemanden zusammentreten können. Turans Freunde kamen in die Kanzlei. Sie meinten, er habe Angst vor Hunden, natürlich habe er noch nie einen besessen. Einer der Freunde kannte sogar Tarun mit dem Pitbull. Ich beantragte die Wiederaufnahme. Turan wurde entlassen. Nach drei Monaten fand die Hauptverhandlung statt. Kowski sagte, er habe Turan noch nie gesehen.

Turan wurde freigesprochen. Die Justiz vergaß das Verfahren gegen Tarun.

Nach dem Gesetz hatte Turan einen Anspruch gegen die Staatskasse, elf Euro für jeden Tag in der Haft. Der Antrag muss innerhalb von sechs Monaten gestellt werden. Turan bekam kein Geld. Er versäumte die Frist.

Ausgleich

Alexandra war hübsch, blond, braune Augen, auf älteren Bildern trägt sie ein Band in den Haaren. Sie wuchs auf dem Land in der Nähe von Oldenburg auf, ihre Eltern hatten einen Bauernhof, Nutztierhaltung, Kühe, Schweine, Hühner. Sie mochte ihre Sommersprossen nicht, las historische Romane und wollte unbedingt in die Stadt. Ihr Vater besorgte ihr nach der mittleren Reife dort eine Lehre in einer ordentlichen Bäckerei, ihre Mutter half bei der Wohnungssuche. Anfangs hatte sie noch Heimweh und fuhr am Wochenende nach Hause. Dann lernte sie Leute in der Stadt kennen. Sie lebte gerne.

Nach der Lehre kaufte sie ihr erstes Auto. Ihre Mutter hatte ihr das Geld gegeben, aber sie wollte es selbst aussuchen. Sie war neunzehn, der Verkäufer zehn Jahre älter, groß, schmale Hüften. Sie machten eine Probefahrt, er erklärte den Wagen. Sie musste immer auf seine Hände sehen, schmale, sehnige Hände, sie gefielen ihr. Am Ende fragte er sie, ob sie mit ihm essen oder ins Kino ginge. Sie war zu nervös und lachte, sie sagte Nein. Aber sie schrieb auf den Kaufvertrag ihre Telefonnummer. Eine Woche später verabredeten sie sich. Ihr gefiel, wie er über die Dinge redete. Sie mochte, dass er ihr sagte, was sie tun sollte. Alles fühlte sich richtig an.

Sie heirateten zwei Jahre später. Auf dem Hochzeitsfoto trägt sie ein weißes Kleid. Sie ist braungebrannt, sie lacht in die Kamera und hält den Arm ihres Mannes, der zwei Köpfe größer ist. Sie hatten einen richtigen Fotografen bezahlt. Das Bild würde immer auf ihrem Nachttisch stehen, sie hatte bereits den Rahmen gekauft. Beiden gefiel das Fest, der Alleinunterhalter mit der Hammondorgel, sie tanzten, obwohl er sagte, er sei kein großer Tänzer. Ihre Familien passten gut zusammen. Ihr Lieblingsgroßvater, ein Steinmetz mit Staublunge, schenkte ihnen eine Statue zur

Hochzeit: ein nacktes Mädchen, das ihr ähnlich sah. Sein Vater gab ihnen Geld in einem Umschlag.

Alexandra hatte keine Angst, es würde gut gehen mit diesem Mann. Es war alles so, wie sie es sich gewünscht hatte. Er war liebevoll, sie glaubte ihn zu kennen.

—

Das erste Mal schlug er sie, lange bevor das Kind geboren wurde. Er kam betrunken nach Hause, mitten in der Nacht. Sie wachte auf und sagte, er rieche nach Alkohol. Sie fand es nicht schlimm, sie sagte es einfach so. Er brüllte sie an und zog ihr die Bettdecke weg. Als sie sich aufsetzte, schlug er ihr ins Gesicht. Sie erschrak, sie konnte nichts sagen.

Am nächsten Morgen weinte er, der Alkohol sei schuld, sagte er. Sie mochte es nicht, wie er auf dem Küchenboden saß. Er sagte, er würde nie wieder trinken. Als er zur Arbeit ging, putzte sie die ganze Wohnung. Sie tat an diesem Tag nichts anderes. Sie waren verheiratet, so etwas kommt vor, dachte sie, ein Ausrutscher. Sie sprachen nicht mehr darüber.

Als Alexandra schwanger wurde, war alles wie früher. Er brachte am Wochenende Blumen mit, er legte sich an ihren Bauch und versuchte, das Baby zu hören. Er streichelte sie. Als sie nach der Geburt aus dem Krankenhaus zurückkam, hatte er aufgeräumt. Er hatte das Kinderzimmer gelb gestrichen und einen Wickeltisch gekauft. Ihre Schwiegermutter hatte neue Sachen für das Kind hingelegt. Es gab eine Girlande aus Pappblumen über der Tür.

Das Mädchen wurde getauft, er hatte es Chantal nennen wollen, aber schließlich einigten sie sich auf Saskia. Alexandra war glücklich.

Seit der Geburt schlief er nicht mehr mit ihr. Sie hatte es noch ein paarmal versucht, aber er wollte nicht mehr. Sie fühlte sich ein wenig einsam, aber sie hatte das Kind, und sie gewöhnte sich daran. Eine Freundin hatte gesagt, das passiere manchmal, wenn der Mann bei der Geburt dabei gewesen sei. Es würde sich wieder legen. Sie wusste nicht, ob das stimmte.

—

Nach einigen Jahren wurde es schwerer, die Autoverkäufe waren schleppend, sie mussten die Wohnung abbezahlen. Es ging irgendwie, aber er trank mehr als früher. Manchmal roch sie abends ein fremdes Parfum, sie sagte nichts dazu. Ihre Freundinnen hatten mehr Probleme mit ihren Männern, die meisten waren wieder geschieden.

An Weihnachten begann es. Sie hatte den Tisch gedeckt, weiße Decke, das Silberbesteck der Großmutter. Saskia war fünf Jahre alt, sie sagte, wohin die Kugeln an den Weihnachtsbaum gehängt werden sollten. Um halb sieben zündete sie die Kerzen an. Als sie heruntergebrannt waren, war er immer noch nicht zu Hause. Sie aßen alleine, nach dem Essen brachte sie Saskia ins Bett. Sie las noch aus dem neuen Buch vor, bis das Mädchen eingeschlafen war. Sie hatte mit ihren Eltern und mit seinen Eltern telefoniert, und alle hatten sich frohe Weihnachten gewünscht, eine normale Familie. Nur als sie nach ihm gefragt hatten, hatte Alexandra gesagt, er wäre noch schnell zur Tankstelle gefahren, weil sie keine Streichhölzer für die Kerzen im Haus hätten.

Er machte es stumm. Er hatte früher geboxt und wusste, wie man schlägt, um wehzutun. Obwohl er betrunken war, traf er präzise. Er schlug systematisch und hart, sie standen in der Wohnküche zwischen der amerikanischen Frühstückstheke und dem Kühlschrank. Er schlug ihr nicht ins Gesicht. Auf der Kühlschranktür klebten Kinderbilder und Prilblumen. Sie biss sich in die Hand, um nicht zu schreien, sie dachte an Saskia. Er zog sie an den Haaren über den Boden ins Schlafzimmer. Als er sie anal missbrauchte, glaubte sie, sie würde in der Mitte zerrissen. Er kam schnell, dann trat er sie aus dem Bett und schlief ein. Sie lag auf dem Boden, sie konnte sich nicht mehr bewegen. Irgendwann schaffte sie es ins Badezimmer. Die Haut hatte sich bereits verfärbt, in ihrem Urin war Blut. Sie lag lange in der Badewanne, so lange, bis sie wieder ruhig atmen konnte. Sie konnte nicht weinen.

Am ersten Tag nach den Weihnachtsfeiertagen hatte sie genug Kraft. Sie sagte, sie gehe mit Saskia zu ihrer Mutter. Er verließ vor ihr die Wohnung. Sie packte den Koffer und trug ihn zum Aufzug. Saskia freute sich. Als sie unten ankamen, stand er vor der Tür. Er nahm ihr den Koffer aus der Hand, sanft. Saskia fragte, ob sie doch nicht die Oma besuchen würden. Er nahm ihre Tochter an die linke und den Koffer in die rechte Hand, er ging zurück zum Aufzug. In der Wohnung legte er den Koffer aufs Bett und sah sie an. Er schüttelte den Kopf.

»Du gehst nirgendwohin, ich finde dich immer«, sagte er. Im Flur nahm er Saskia auf den Arm: »Wir gehen jetzt in den Zoo.«

»Au ja«, sagte Saskia.

Erst als sich die Tür schloss, spürte Alexandra ihre Hände wieder. Sie hatte sich in den Stuhl verkrallt, zwei ihrer Fingernägel waren abgeknickt. An diesem Abend brach er ihr eine Rippe. Sie schlief auf dem Fußboden. Sie spürte sich nicht mehr.

—

Er hieß Felix und hatte eine der kleinen Wohnungen im Hinterhaus gemietet. Sie hatte ihn jeden Tag mit dem Fahrrad gesehen. Er hatte sie immer im Supermarkt gegrüßt, und als sie sich einmal wegen der Nierenschmerzen im Hausflur gekrümmt hatte, hatte er ihr mit den Tüten geholfen. Jetzt stand er vor der Tür.

»Haben Sie etwas Salz?«, sagte er. »Okay, ich geb's zu, das ist eine wirklich blöde Ausrede. Haben Sie Lust, mit mir einen Kaffee zu trinken?«

Sie lachten beide. Ihr taten die Rippen weh. Sie hatte sich an die Schläge gewöhnt. Sie würde es noch vier oder fünf Jahre aushalten, dann wäre Saskia weit genug, sie war jetzt neun.

Sie mochte Felix' Wohnung. Sie war warm, heller Boden, die Bücher auf schmalen Holzregalen, eine Matratze mit weißem Laken. Er sprach mit ihr über Bücher, sie hörten Schubert-Lieder. Er sieht aus wie ein großer Junge, ein bisschen traurig vielleicht, dachte sie. Er sagte ihr, dass sie schön sei, und dann schwiegen sie lange. Als sie wieder in ihre Wohnung ging, dachte sie, dass vielleicht noch nicht alles zu Ende sei. Sie musste auch in dieser Nacht auf den Boden neben das Bett, aber es machte ihr weniger aus.

Nach drei Monaten schlief sie mit ihm. Sie wollte nicht, dass er sie nackt sieht, nicht die blauen Flecke und Hautabschürfungen, sie ließ die Rollos herunter und zog sich unter der Bettdecke aus. Sie war 31, er hatte nicht viel Erfahrung, aber zum ersten Mal seit Saskias Geburt schlief wieder ein Mann richtig mit ihr. Sie mochte, wie er sie hielt. Danach lagen sie im Dunkel des Zimmers. Er erzählte von den Reisen, die er mit ihr machen wolle, von Florenz und Paris und anderen Orten, an denen sie nie gewesen war. Es kam ihr alles ganz einfach vor, sie hörte gern seine

Stimme. Sie konnte nur zwei Stunden bleiben. Sie sagte ihm, dass sie jetzt nicht zurückwolle, sie sagte es einfach so, es sollte nur eine Liebeserklärung sein. Aber sie merkte, dass sie es ernst meinte.

Später fand sie ihre Strümpfe nicht mehr, sie lachten darüber. Plötzlich schaltete er das Licht ein. Sie hielt das Laken vor ihren Körper, aber es war zu spät. Sie sah die Wut in seinen Augen, er sagte, er rufe die Polizei an, sofort müsse man das machen. Sie brauchte lange, um ihn davon abzubringen, sie sagte, sie habe Angst um ihre Tochter. Er wollte es nicht verstehen. Seine Lippen zitterten.

—

Zwei Monate später begannen die großen Ferien. Sie brachten Saskia zu ihren Eltern aufs Land, sie war gerne dort. Auf der Rückfahrt in die Stadt sagte Thomas: »Nun wirst du gehorchen lernen.« Felix schickte ihr eine SMS. Er vermisse sie, sie las sie auf der Toilette der Autobahnraststätte. Es stank nach Urin, aber es machte ihr nichts. Felix hatte gesagt, ihr Mann sei ein Sadist, er freue sich, sie zu demütigen und zu verletzen. Das sei eine Störung, es könne gefährlich für sie sein, ihr Mann müsse sich behandeln lassen. Aber sie müsse gehen, sofort. Sie wusste nicht, was sie tun sollte. Sie konnte es nicht ihrer Mutter erzählen, sie schämte sich. Sie schämte sich für ihn und für sich.

—

Der 26. August war der letzte Tag vor Saskias Rückkehr. Sie wollten sie abholen und eine Nacht bei ihren Eltern bleiben. Danach würden sie zu dritt eine Woche nach Mallorca fahren, die Tickets lagen auf dem Tischchen im Flur. Sie dachte, es würde dort besser werden. Er hatte viel in diesen Tagen getrunken, in denen ihre Tochter nicht da war. Sie konnte kaum noch laufen. Er hatte sie in den vergangenen zwei Wochen jeden Tag anal und oral vergewaltigt, er hatte sie geschlagen, getreten und gezwungen, aus einem Napf am Boden zu essen. Wenn er da war, musste sie nackt sein, sie schlief auf dem Boden vor seinem Bett, er hatte ihr jetzt auch die Decke weggenommen. Sie hatte Felix nicht sehen können, sie hatte ihm geschrieben, dass es einfach nicht ginge.

In dieser letzten Nacht sagte er: »Saskia ist jetzt reif. Sie ist zehn. Ich habe gewartet. Wenn sie zurückkommt, werde ich sie mir nehmen.«

Sie verstand nicht, was er sagte. Sie fragte ihn, was er meine.

»Ich werde sie ficken, wie ich dich ficke. Sie ist so weit.«

Sie schrie und ging auf ihn los. Er stand auf und schlug ihr in den Bauch. Es war ein kurzer, harter Schlag. Sie übergab sich, er drehte sich um und sagte, sie solle das wegwischen. Eine Stunde später legte er sich ins Bett.

—

Ihr Mann schnarchte nicht mehr. Er hatte immer geschnarcht, schon in der ersten Nacht, als sie glücklich waren. Am Anfang war es fremd gewesen, ein anderer Mensch, hatte sie damals gedacht, eine andere Stimme. Allmählich hatte sie sich daran gewöhnt. Sie waren jetzt seit elf Jahren verheiratet. Es würde kein zweites Leben geben, es gab nur diesen Mann und nur dieses Leben. Sie saß in dem anderen Zimmer und hörte Radio. Sie spielten irgendetwas, was sie nicht kannte. Sie starrte ins Dunkel. In zwei Stunden würde es hell werden, dann würde sie rübermüssen, ins Schlafzimmer, in ihr Schlafzimmer.

—

Ihr Vater hatte mich um die Verteidigung seiner Tochter gebeten. Ich holte mir einen Besuchsschein. Der zuständige Staatsanwalt hieß Kaulbach, ein kräftiger, klarer Mann, er sprach in kurzen Sätzen.

»Scheußliche Sache«, sagte er. »Bei uns gibt es nicht viele Morde. Der hier ist glasklar.«

Kaulbach zeigte mir die Tatortfotos.

»Sie hat ihren Mann mit einer Statue erschlagen. Er hat geschlafen.«

»Ob er geschlafen hat, kann die Rechtsmedizin nicht feststellen«, sagte ich und wusste, dass das kein gutes Argument war.

Das Problem war einfach. Ein Totschlag unterscheidet sich vom Mord nicht durch »Vorsatz«, wie es in den Fernsehkrimis heißt. Jeder Mord ist ein Totschlag. Aber er ist auch mehr. Es muss etwas hinzukommen, was ihn zum Mord macht. Diese Mordmerkmale sind nicht beliebig, sie stehen im Gesetz. Der Täter tötet »zur Befriedigung des Geschlechtstriebes«, aus »Habgier« oder aus anderen »niedrigen Beweggründen«. Es gibt auch Worte, die beschreiben, *wie* er tötet, zum Beispiel »heimtückisch« oder »grausam«. Wenn der Richter meint, ein solches Merkmal liege vor, kann er nicht anders: Er wird den Täter zu einer lebenslangen Freiheitsstrafe verurteilen. Beim Totschlag bleibt ihm die Wahl, er kann dem Täter zwischen fünf und fünfzehn Jahren geben.

Kaulbach hatte recht. Wenn ein Mann im Schlaf erschlagen wird, kann er sich nicht wehren. Er weiß nicht, dass er angegriffen wird, er ist hilflos. Der Täter handelt also heimtückisch. Er begeht einen Mord, er wird lebenslänglich bekommen.

»Schauen Sie sich die Bilder an«, sagte Kaulbach. »Der Mann lag auf dem Rücken. An seinen Händen sind keine Abwehrspuren. Die Decke liegt ordentlich auf ihm. Es hat keinen Kampf gegeben. Niemand kann daran zweifeln: Er hat geschlafen.«

Der Staatsanwalt wusste, was er sagte. Es sah so aus, als wäre der Sockel der Statue dem Mann ins Gesicht gestampft worden. Überall waren Blutspritzer, selbst auf dem Foto auf dem Nachttisch. Die Schöffen würden die Bilder nicht mögen.

»Und außerdem hat Ihre Mandantin heute ein Geständnis abgelegt.«

Das wusste ich noch nicht. Ich fragte mich, was ich in diesem Verfahren sollte. Ich würde nichts für sie tun können.

»Vielen Dank«, sagte ich. »Ich besuche sie jetzt. Wir können danach nochmals reden.«

—

Alexandra lag im Haftkrankenhaus. Sie lächelte, wie man einen fremden Besuch im Krankenhaus anlächelt. Sie setzte sich auf und zog einen Bademantel an. Er war zu groß, sie sah verloren aus. Der Boden war aus Linoleum, es roch nach Desinfektionsmittel, von dem Waschbecken war eine Kante abgeplatzt. Neben ihr lag eine andere Frau, ihr Bett war nur durch einen gelben Vorhang abgetrennt.

Ich saß drei Stunden in ihrem Zimmer. Sie erzählte ihre Geschichte. Ich ließ ihren geschundenen Körper fotografieren. Der medizinische Bericht war vierzehn Seiten lang, Milz und Leber waren gerissen, beide Nieren gequetscht, unter der Haut großflächige Einblutungen. Zwei Rippen waren angebrochen, sechs weitere zeigten alte Brüche.

Drei Monate später begann die Hauptverhandlung. Der Vorsitzende Richter stand kurz vor seiner Pensionierung. Hageres Gesicht, Bürstenschnitt, graue Haare, randlose Brille – er passte nicht in den neuen Saal. Ein Innenarchitekt hatte ihn im Stil der damaligen Zeit mit hellgrünen Sitzschalen aus Plastik und weißen Resopaltischen ausgestattet, er sollte so etwas wie eine demokratische Justiz darstellen. An den Strafen hatte das nichts geändert. Der Vorsitzende ließ die Sache aufrufen, er stellte die Anwesenheit der Prozessbeteiligten fest. Dann unterbrach er die Verhandlung, die Zuschauer wurden nach draußen geschickt, Alexandra zurück in die Vorführzelle gebracht. Er wartete, bis es ruhig war.

»Ich sage es Ihnen offen, meine Damen und Herren«, sagte er. Er sprach schleppend, es klang müde. »Ich weiß nicht, was wir machen sollen. Wir werden die Hauptverhandlung durchführen und die Akten nachvollziehen. Aber ich will die Angeklagte nicht verurteilen, sie hat zehn Jahre unter diesem Mann gelitten, er hat sie fast totgeschlagen. Er hätte sich wahrscheinlich als Nächstes an dem Mädchen vergriffen.«

Ich wusste nicht, was ich sagen sollte. In Berlin hätte die Staatsanwaltschaft sofort den Richter wegen Befangenheit abgelehnt, ein so offenes Wort zu Beginn einer Hauptverhandlung wäre undenkbar. Hier auf dem Land war es anders. Man saß enger zusammen, man musste miteinander auskommen. Der Vorsitzende scherte sich nicht darum, was die Staatsanwaltschaft dachte, Kaulbach blieb ruhig sitzen.

»Ich werde sie verurteilen müssen, das Gesetz zwingt mich dazu«, sagte er. Er sah mich an. »Es sei denn, Ihnen fällt noch etwas ein. Ich lasse Ihnen jede Möglichkeit.«

Die Verhandlung dauerte tatsächlich nur zwei Tage. Es gab keine Zeugen. Alexandra erzählte ihre Geschichte. Der Gerichtsmediziner berichtete über die Obduktion des Opfers und länger von den Misshandlungen Alexandras. Die Beweisaufnahme wurde geschlossen. Der Staatsanwalt plädierte auf Mord, er sprach emotionslos, es gab nichts an seinem Vortrag auszusetzen. Er sagte, dass die Angeklagte alle Voraussetzungen für einen minder schweren Fall mitbringe. Aber es gebe bei Mord nun einmal keine gesetzlichen Minderungsmöglichkeiten, der Gesetzgeber habe es so vorgesehen. Deshalb sei die einzige angemessene Sanktion eine lebenslängliche Freiheitsstrafe. Mein Plädoyer sollte am nächsten Tag folgen. Die Verhandlung wurde bis dahin unterbrochen.

Bevor wir den Saal verließen, rief der Vorsitzende den Staatsanwalt und mich zur Richterbank. Er hatte die Robe ausgezogen. Er trug ein grünes Jackett, sein Hemd war zerknittert und voller Flecken.

»Sie haben unrecht, Kaulbach«, sagte er zum Staatsanwalt. »Es gibt natürlich keinen minder schweren Fall beim Mord, aber es gibt andere Möglichkeiten.« Er überreichte jedem von uns ein paar Kopien. »Studieren Sie die Entscheidung bis morgen. Ich möchte etwas Vernünftiges von Ihnen hören.« Das war an mich gerichtet.

Ich kannte die Entscheidung. Der große Senat des Bundesgerichtshofes hatte gesagt, die Strafe für Mord sei nicht absolut. Auch die lebenslange Freiheitsstrafe solle in Ausnahmefällen gemildert werden können. Ich plädierte so, mehr fiel mir nicht ein.

Das Gericht sprach Alexandra frei. Der Vorsitzende sagte, sie habe in Notwehr gehandelt. Es ist eine schwierige Vorschrift. Um sich wehren zu dürfen, muss ein Angriff gerade stattfinden oder unmittelbar bevorstehen. Wer sich wehrt, kann nicht bestraft werden. Das Problem war nur: Ein Schlafender kann nicht angreifen. Und noch nie hatte ein Gericht angenommen, dass ein Angriff kurz bevorstehe, wenn der Angreifer noch schläft. Der Vorsitzende sagte, es sei eine Einzelfallentscheidung, eine Ausnahme, sie gelte nur für diesen einen Fall. Alexandra habe nicht abwarten müssen, bis er aufwacht. Sie habe ihre Tochter schützen wollen, und sie habe das tun dürfen. Sie selbst habe um ihr Leben fürchten müssen. Das Gericht hob den Haftbefehl auf und entließ sie aus der Untersuchungshaft. Später überredete der Vorsitzende den Staatsanwalt, keine Revision einzulegen.

—

Nach der Urteilsverkündung ging ich in das Café gegenüber. Man konnte draußen unter einem riesigen Kastanienbaum sitzen. Ich dachte über den alten Vorsitzenden nach, über das hastige Verfahren und mein dummes Plädoyer: Ich hatte um eine milde Verurteilung gebeten, das Gericht hatte sie freigesprochen. Plötzlich fiel mir auf, dass wir keinen Sachverständigen für Fingerabdrücke gehört hatten. Ich sah in den Akten auf meinem Laptop nach: Es waren keine Spuren auf der Statue zu finden gewesen, der Täter musste Handschuhe getragen haben. Die Statue wog 41 kg, Alexandra kaum mehr. Das Bett war über 50 cm hoch. Ich las ihre Aussage noch einmal, sie hatte gesagt, sie habe nach der Tat im Kinderzimmer gesessen, bis es hell geworden sei. Danach habe sie die Polizei angerufen. Sie habe nicht geduscht und sich nicht umgezogen. Etwa einhundert Seiten weiter in der Akte waren die Fotos von ihrer Kleidung: Sie hatte eine weiße Bluse getragen – nirgendwo waren Spuren von Blut. Der Vorsitzende war erfahren, er konnte es nicht übersehen haben. Ich klappte den Bildschirm zu. Es war Spätsommer, die letzten Tage, der Wind war noch warm hier.

Ich sah sie aus dem Gericht kommen. Felix wartete auf sie im Taxi. Sie setzte sich zu ihm auf die Rückbank. Er nahm ihre Hand. Sie würde mit ihm zu ihren Eltern fahren, Saskia in die Arme nehmen, und alles wäre vorbei. Sie würden miteinander behutsam sein müssen. Erst wenn sie die Wärme in ihrem Bauch spüren würde, würde sie den Druck der Hand erwidern, die ihren Mann getötet hatte.

Familie

Waller machte das beste Abitur in Hannover. Sein Vater war Eisenflechter gewesen, ein kleiner Mann mit hängenden Schultern. Er hatte es irgendwie geschafft, seinem Sohn das Gymnasium zu ermöglichen, obwohl ihm die Frau weggelaufen war. Sie hatte das Kind zurückgelassen. Sechzehn Tage nach Wallers Abitur starb er. Er rutschte aus und fiel in das frische Betonbett eines Neubaus. Er hatte eine Bierflasche in der Hand. Sie konnten die Maschine nicht schnell genug stoppen, er ertrank im Beton.

Außer Waller gingen noch vier Arbeitskollegen des Vaters auf die Beerdigung. Waller trug den einzigen Anzug seines Vaters, er passte perfekt. Er hatte das viereckige Gesicht seines Vaters und dessen dünne Lippen. Nur seine Augen waren anders. Und alles andere.

Die deutsche Studienstiftung bot Waller ein Stipendium an. Er lehnte ab. Er kaufte ein Ticket nach Japan, packte einen Koffer und flog nach Kyoto. Er ging für zwölf Monate in ein Kloster. In diesem Jahr lernte er Japanisch. Danach bewarb er sich bei einem deutschen Maschinenbauer in Tokio. Fünf Jahre später war er Niederlassungsleiter. Er wohnte in einer billigen Pension. Alles Geld, was er verdiente, ging auf ein Anlagekonto. Ein japanischer Autobauer warb ihn ab. Nach sechs Jahren hatte er den höchsten Posten erreicht, den ein Ausländer dort jemals hatte. Auf seinem Konto lagen inzwischen rund zwei Millionen Euro, er wohnte immer noch in der Pension, er hatte praktisch nichts ausgegeben. Er war jetzt 31 Jahre alt. Er kündigte und zog nach London. Acht Jahre später hatte er an der Börse fast dreißig Millionen verdient. Auch in London hatte er nur ein winziges Zimmer. Mit 39 kaufte er ein Herrenhaus an einem bayerischen See. Sein Geld legte er nun in Staatsanleihen an. Er arbeitete nicht mehr.

Vor ein paar Jahren mietete ich im Sommer für drei Wochen ein kleines Haus an diesem See. Das Herrenhaus konnte man durch die Bäume sehen, zwischen den Grundstücken war kein Zaun. Ich traf Waller das erste Mal auf dem Bootssteg vor meinem Haus. Er stellte sich vor und fragte, ob er sich setzen dürfe. Wir waren etwa gleich alt. Es war ein heißer Tag, wir hatten die Füße im Wasser und sahen den Jollen und bunten Windsurfern zu. Es störte uns nicht, dass wir kaum sprachen. Nach zwei Stunden ging er wieder nach Hause.

Im Sommer darauf verabredeten wir uns in der Lobby des Frankfurter Hofs. Ich kam etwas zu spät, er wartete schon. Wir tranken Kaffee, ich war müde von dem Prozesstag. Er sagte, ich müsse bald wiederkommen, jeden Morgen würden Reiher über den See und das Haus fliegen, ein riesiger Schwarm. Am Schluss fragte er, ob er mir eine Akte schicken könne.

Die Akte kam vier Tage später. Es war die Geschichte seiner Familie, ein Detektivbüro hatte sie zusammengestellt:

Wallers Mutter hatte ein Jahr nach der Trennung nochmals geheiratet, sie hatte einen weiteren Sohn bekommen, Wallers Halbbruder Fritz

Meinering. Als Fritz Meinering zwei war, verließ der neue Mann die Familie. Die Mutter starb an einer Alkoholvergiftung, als er eingeschult wurde. Meinering kam in ein Kinderheim. Er wollte Schreiner werden. Das Heim besorgte ihm eine Lehrstelle. Er begann mit Freunden zu trinken. Nach kurzer Zeit trank er so viel, dass er es morgens nicht mehr in den Betrieb schaffte. Die Lehrstelle wurde gekündigt. Er verließ das Heim.

Danach begannen die Straftaten: Diebstähle, Körperverletzungen, Straßenverkehrsdelikte. Er kam zweimal kurz ins Gefängnis. Auf dem Oktoberfest in München trank er bis zu einer Blutalkoholkonzentration von 3,2 Promille. Er pöbelte zwei Frauen an und wurde wegen Vollrausches verurteilt. Er rutschte ab, verlor seine Wohnung, schlief in Obdachlosenheimen.

Ein Jahr nach dem Vorfall auf dem Oktoberfest überfiel er einen Lebensmittelladen. Er sagte dem Richter nur, er habe das Geld gebraucht. Er war noch von der Nacht davor so betrunken gewesen, dass ihn die Verkäuferin mit einer Kehrichtschaufel niederschlagen konnte. Er bekam zwei Jahre und sechs Monate Gefängnis. Weil er eine Therapie zum Alkoholentzug machte, wurde er früher entlassen.

Ein paar Monate schaffte er es, nüchtern zu

bleiben. Er fand eine Freundin. Sie zogen zusammen, die Frau arbeitete als Verkäuferin. Er war eifersüchtig. Als sie zu spät nach Hause kam, schlug er mit einem Topfdeckel auf ihr linkes Ohr, das Trommelfell platzte. Die Richter gaben ihm ein weiteres Jahr.

Im Gefängnis lernte Fritz Meinering einen Drogenhändler kennen. Sie wurden im Abstand von einer Woche entlassen. Der Mann überredete Meinering, Kokain aus Brasilien nach Deutschland zu bringen. Meinering bekam den Flug und fünfhundert Euro bezahlt. Die Polizei bekam einen Tipp, er wurde in Rio de Janeiro im Taxi auf dem Weg zum Flughafen verhaftet. Im Koffer waren zwölf Kilo unverschnittenes Kokain. Er saß dort im Gefängnis und wartete auf sein Verfahren.

Hier endete die Akte. Nachdem ich alles gelesen hatte, rief ich Waller an. Er fragte mich, ob ich die Verteidigung seines Halbbruders in Brasilien organisieren könne. Er wolle keinen Kontakt zu ihm, aber er glaube, er müsse das tun. Ich sollte hinfliegen, Anwälte besorgen, mit der Botschaft sprechen, mich um alles kümmern. Ich sagte zu.

—

Das Gefängnis in Rio de Janeiro hatte keine Zellen, sondern Gitterkäfige mit schmalen Pritschen. Die Männer saßen dort mit angezogenen Füßen, der Boden war nass. Es liefen Kakerlaken über die Wände. Meinering war völlig verwahrlost. Ich sagte ihm, ein Mann, der anonym bleiben wolle, habe seine Verteidigung bezahlt.

Ich engagierte einen vernünftigen Strafverteidiger. Meinering wurde zu zwei Jahren verurteilt. Danach wurde er für das deutsche Verfahren ausgeliefert. Weil ein Jahr Haft in Brasilien wegen der katastrophalen Zustände mit drei Jahren Haft hier angerechnet wird, wurde sein Verfahren in Deutschland eingestellt. Er wurde entlassen.

Drei Wochen später begann er in einer Kneipe Streit mit einem Russen. Es ging um eine halbe Flasche Wermut. Beide waren betrunken, der Wirt warf sie raus. Vor der Kneipe war eine Baustelle. Meinering bekam eine Baulampe zu fassen und schlug sie dem anderen auf den Kopf. Der Russe brach zusammen. Meinering wollte nach Hause. Er verlor die Orientierung, ging immer weiter am Bauzaun entlang, bis er die Baustelle umrundet hatte. Nach etwa zwanzig Minuten stand er wieder vor der Kneipe. Der Russe war inzwischen ein Stück weit gekrochen, er blutete und brauchte Hilfe. Die Baulampe lag noch auf dem Boden. Meinering nahm sie und schlug so lange zu, bis der Russe tot war. Er wurde noch am Tatort festgenommen.

—

Als ich das nächste Mal in München war, fuhr ich raus zu Waller.

»Was wollen Sie jetzt machen?«, fragte ich.

»Ich weiß nicht«, sagte er. »Ich will nichts mehr für ihn tun.«

Es war ein strahlend schöner Tag. Das gelbe Haus mit den grünen Fensterläden leuchtete in der Sonne. Wir saßen unten am Bootshaus. Waller trug beige Shorts, seine Füße steckten in weißen Baumwollschuhen.

»Warten Sie kurz, ich hole was.« Er ging zum Haus hoch. Auf der Terrasse oben lag eine junge Frau. Der See war fast glatt.

Waller kam zurück und gab mir ein Foto.

»Das ist mein Vater«, sagte er.

Es war ein Polaroid aus den Siebzigern. Die Farben waren irgendwann verblasst, es hatte jetzt einen orange-braunen Ton. Der Mann auf dem Bild sah aus wie Waller selbst.

»Er war viermal im Gefängnis«, sagte er. »Drei Schlägereien, die er angefangen hatte, einmal wegen Diebstahls: Er hatte Geld aus der Kasse geklaut.«

Ich gab ihm das Foto zurück. Waller steckte es ein.

»Sein Vater wurde von den Nazis 1944 zum Tode verurteilt. Er hatte eine Frau vergewaltigt«, sagte er.

Er setzte sich auf einen der Stühle und sah auch auf den See. Zwei Jollen lieferten sich ein Rennen. Die blaue schien zu gewinnen. Dann drehte die rote ab und gab auf. Waller stand auf und ging zum Grill.

»Wir können bald essen. Sie bleiben doch?«

»Ja«, sagte ich, »gerne.«

Er stocherte mit einer Gabel in der Glut.

»Nach uns besser nichts mehr«, sagte er plötzlich. Es war alles, was er sagte.

Seine Freundin kam zu uns runter, und wir sprachen über andere Sachen. Nach dem Essen brachte er mich zu meinem Wagen. Ein einsamer Mann mit einem dünnen Mund.

Ein paar Jahre später stand in der Zeitung, Waller sei tot, er sei in einem Sturm vom Boot gerutscht und ertrunken. Sein Vermögen hatte er dem Kloster in Japan vermacht, sein Haus der bayerischen Gemeinde am See. Ich hatte ihn gemocht.

Geheimnisse

Der Mann kam zwei Wochen lang jeden Morgen in die Kanzlei. Er saß immer auf dem gleichen Platz im großen Besprechungszimmer. Meistens hielt er sich das linke Auge zu. Er hieß Fabian Kalkmann. Und er war verrückt.

Schon bei unserem ersten Gespräch sagte er, der Geheimdienst würde ihn verfolgen. CIA und BND. Er kenne das Geheimnis, das sie wollten. Das sei nun mal so.

»Sie jagen mich, verstehen Sie?«

»Noch nicht ganz«, sagte ich.

»Waren Sie mal im Stadion beim Fußball?«

»Nein.«

»Sie müssen hingehen. Sie rufen alle meinen

Namen, die ganze Zeit rufen sie ihn. Sie schreien Mohatit, Mohatit.«

»Sie heißen doch Kalkmann«, sagte ich.

»Ja, aber bei den Geheimdiensten heiße ich Mohatit. Auch in der Stasiakte heiße ich so. Das weiß doch jeder. Sie wollen mein Geheimnis, das große Geheimnis.«

Kalkmann beugte sich vor.

»Ich bin beim Optiker gewesen. Wegen meiner neuen Brille, verstehen Sie. Sie haben mich betäubt, durch das Auge. Ich bin genau einen Tag später aus dem Brillenladen rausgekommen, genau 24 Stunden später.«

Er sah mich an.

»Sie glauben mir nicht. Ja, aber ich kann's beweisen. Hier«, sagte er und zog ein kleines Notizbuch hervor, »hier, schauen Sie. Hier steht alles.«

In dem Notizbuch stand in großen Druckbuchstaben: 26. 04., 15 Uhr Eintritt ins Labor, 27. 04., 16 Uhr Austritt aus Labor. Kalkmann klappte das Buch wieder zu und sah mich triumphierend an.

»So, jetzt haben Sie es gesehen. Das ist der Beweis. Der Brillenladen gehört der CIA und dem BND. Sie haben mich betäubt und in den Keller gebracht. Dort ist ein großes Labor, so ein James-Bond-Labor aus Edelstahl. Sie haben mich

24 Stunden lang operiert. Da haben sie es gemacht.« Er lehnte sich zurück.

»Was gemacht?«, fragte ich.

Kalkmann sah sich um. Er flüsterte jetzt. »Die Kamera. Sie haben in mein linkes Auge eine Kamera eingebaut. Hinter die Linse. Ja, und jetzt sehen sie alles, was ich sehe. Es ist perfekt. Die Geheimdienste können jetzt alles sehen, was Mohatit sieht«, sagte er. Und dann sagte er laut: »Aber das Geheimnis werden sie nicht bekommen.«

Kalkmann wollte, dass ich den BND anzeige. Und natürlich die CIA. Und den früheren amerikanischen Präsidenten Reagan, auf den alles zurückgehe. Als ich sagte, Reagan sei tot, antwortete er: »Das glauben Sie. In Wirklichkeit lebt er bei Helmut Kohl auf dem Dachboden.«

Er kam jeden Morgen und erzählte, was er erlebt habe. Irgendwann wurde es mir zu viel. Ich sagte ihm, dass er Hilfe brauche. Es war merkwürdig, er sah es sofort ein. Ich rief den psychiatrischen Notdienst an und fragte, ob ich mit einem Patienten vorbeikommen könne. Wir fuhren mit dem Taxi. Wir mussten in das Haus für den Maßregelvollzug, weil die anderen Räume gerade gestrichen wurden. Hinter uns schlossen sich die Panzerglastüren, wir kamen immer tiefer in das Gebäude, ein Pfleger führte uns. Endlich saßen wir in einem Vorzimmer. Ein junger Arzt, den ich nicht kannte, bat uns in seinen Praxisraum. Wir saßen vor einem kleinen Schreibtisch auf den Besucherstühlen. Ich wollte gerade die Sache erklären, als Kalkmann sagte:

»Guten Tag, ich heiße Ferdinand von Schirach, ich bin Rechtsanwalt.« Er zeigte auf mich: »Ich bringe Ihnen hier Herrn Kalkmann. Ich vermute, er hat einen schweren Defekt.«

Inhalt

Volksfest 7
DNA 19
Die Illuminaten 27
Kinder 53
Anatomie 65
Der Andere 69
Der Koffer 87
Verlangen 99
Schnee 105
Der Schlüssel 121
Einsam 153
Justiz 161
Ausgleich 167
Familie 187
Geheimnisse 197

PIPER

Ferdinand von Schirach

Verbrechen

Stories. 208 Seiten. Gebunden

Ein angesehener, freundlicher Herr, Doktor der Medizin, erschlägt nach vierzig Ehejahren seine Frau mit einer Axt. Er zerlegt sie förmlich, bevor er schließlich die Polizei informiert. Sein Geständnis ist ebenso außergewöhnlich wie seine Strafe. Ein Mann raubt eine Bank aus, und so unglaublich das klingt: er hat seine Gründe. Gegen jede Wahrscheinlichkeit wird er von der deutschen Justiz an Leib und Seele gerettet. Eine junge Frau tötet ihren Bruder. Aus Liebe. Lauter unglaubliche Geschichten, doch sie sind wahr. Ferdinand von Schirach hat es in seinem Beruf alltäglich mit Menschen zu tun, die Extremes getan oder erlebt haben. Das Ungeheuerliche ist bei ihm der Normalfall. Er vertritt Unschuldige, die mit dem Gesetz in Konflikt geraten, ebenso wie Schwerstkriminelle. Deren Geschichten erzählt er – lakonisch wie ein Raymond Carver und gerade deswegen mit unfassbarer Wucht.

01/1833/01/L

PIPER

Franka Potente

Zehn

Stories. 176 Seiten. Gebunden

Was wird, wenn die schwangere Ikuko die Einzige in ihrer Familie ist, die sich eine Tochter wünscht? Warum gibt sich die Witwe Frau Nishki so oft der liebevollen Zubereitung ihres Lachs-Eintopfs hin? Wo endet es, wenn sich Miyu, die heimlich in einem Nachtclub tanzt, in einen schüchternen Polizisten verliebt? In ihren genauen, sensiblen Stories eröffnet uns Franka Potente den Blick auf die japanische Kultur und die Menschen, denen sie dort begegnet ist. Und wenn sie von dem Stolz einer Zeichnerin oder dem peinlichen Missgeschick eines jungen Ehepaars erzählt, lässt sie uns auf bestechende Weise an den Empfindungen und Gedanken ihrer unverwechselbaren Figuren teilhaben.

01/1885/01/R

Annette Pehnt

Man kann sich auch wortlos aneinander gewöhnen das muss gar nicht lange dauern

Erzählungen. 192 Seiten. Gebunden

Da ist die vermeintlich glückliche junge Frau, die von der Feststellung einer alten Chinesin verblüfft wird: »Ihre Schönheit schlummert in Ihrem Gesicht. Sie haben nur vergessen, wo sie ist.« Da ist die verzweifelt fantasievolle Zugbegleiterin, die sich wünscht, neben ihren Reisenden einzuschlafen. Oder die Verzagtheit zweier Kinder, deren Mutter eines Tages einfach ins Krankenhaus verschwindet. Ob alles wieder gut wird? Ob sie wieder zu sich zurück finden? – Trauer, Liebe, Schmerz und Nähe: Tiefenscharf und mit großer Empathie leuchtet Annette Pehnt unseren Alltag aus und entdeckt den Ausnahmezustand im Normalen. Jede ihrer Erzählungen sucht Worte für unsere Sprachlosigkeit und erzählt von den Momenten unseres Lebens, die uns zu Menschen machen.

»Annette Pehnt kann schlichte Sätze von großer Wahrhaftigkeit schreiben.«
Der Spiegel

01/1877/01/L